verlag der criminale

In der katholischen Asamkirche in Ingolstadt, die berühmt ist für ihr perspektivisch verwirrendes Deckengemälde, wird der Maler Zacharias Zell-Bausig ermordet aufgefunden. Es scheint, als habe ihn der Bogenschütze auf dem Deckengemälde mit einem Pfeil getötet.

Margot Thaler, die Hamburger Reporterin, die nur zu gerne hinter jedem Verbrechen herschnüffelt, hat ausgerechnet diesen Mord nicht bemerkt, obwohl er direkt vor ihrer Nase passiert ist.

Helga Beyersdörfer, gebürtige Hessin, hat ihre journalistische Laufbahn bei der Frankfurter Rundschau begonnen und danach als Redakteurin viele Jahre für renommierte Magazine und das Fernsehen gearbeitet. Seit 1996 lebt sie als freiberufliche Autorin in Hamburg und Berlin.

»Asams Pfeil« ist ihr dritter Roman mit der umtriebigen Spürnase Margot Thaler, die in »Mitten im Wort« ihren ersten Fall löst und in »Mit geschlossenen Augen« ihren zweiten.

Helga Beyersdörfer

Asams Pfeil

Ein Ingolstadt-Krimi

verlag
der
criminale

Dieses Buch erschien erstmals im Rowohlt Taschenbuch Verlag, Reinbek 1999.

Weitere Informationen über den Verlag und sein Programm unter: www.verlag-der-criminale.de

Bibliografische Information der Deutschen Bibliothek

Die Deutsche Bibliothek verzeichnet diese Publikation in der Deutschen Nationalbibliografie; detaillierte bibliografische Daten sind im Internet über <http://dnb.d-nb.de> abrufbar.

2. Ausgabe
März 2008
Verlag der Criminale
Ein Verlag der Buch&media GmbH, München

Umschlaggestaltung: Kay Fretwurst, Freienbrink
Herstellung: Books on Demand GmbH, Norderstedt
Printed in Germany · ISBN 978-3-86520-300-7

1

Die »Pension am Ring« hatte schon bessere Tage gesehen. Unter dem Giebel des ehemals stattlichen Patrizierhauses waren handtellergroße Stücke Putz herausgebrochen, von den Holzrahmen der altmodischen kleinen Sprossenfenster blätterte die Farbe.
Erbaut 1847 stand in Schnörkelschrift über der ebenerdigen Eingangstür, deren hölzerner Rahmen sich unter der Last der Jahre nach links neigte. In das Fenster neben der Tür hatte jemand ein Plastikschild gehängt: Zimmer frei. Das Schild hing schief.

Im Inneren des Hauses erwachten die ersten Gäste. Es war sieben Uhr morgens. Der Portier stand hinter seiner Rezeption und studierte die Anmeldeliste. Zwölf der fünfzehn Zimmer waren besetzt, acht Gäste wollten geweckt werden. Den Handelsvertreter aus Bochum hatte er schon angerufen, jetzt kam die junge Frau aus Hamburg dran, die gestern Abend angekommen war.

Margot Thaler fuhr hoch, als das altmodische Telefon neben ihrem Ohr klingelte. »Was soll das sein, ein Feueralarm?«, schnauzte sie in den Hörer, schob aber schnell ein kleinlautes »Entschuldigung« hinterher. Was konnte schließlich der arme Portier dafür, dass sie unausgeschlafen, übellaunig und gereizt war.

Das altersschwache Bett protestierte knarzend, als sie sich wieder von der Seite auf den Rücken drehte. Erleichtert stellte sie fest, dass sie die Nacht überstanden hatte, ohne von einer Sprungfeder durchbohrt worden zu sein. Margots Blick wanderte zur Zimmerdecke, wo sie am Abend zuvor feine Risse entdeckt hatte, die von der Mitte aus wie dünne Flussläufe in alle vier Ecken der Decke strebten und dort in der Stuckumrandung versickerten. Wer immer über mir wohnt, lass ihn bitte nicht das zulässige Gesamtgewicht überschreiten, hatte sie noch gedacht, war dann aber fast sofort in einen tiefen, traumlosen Schlaf gefallen.

Margot richtete sich auf und versuchte ihre Gedanken zu ordnen, sofern ihr das um sieben Uhr morgens möglich war. Um halb neun sollte sie im Krankenhaus sein, um mit dem Chirurgen zu sprechen, der Ollo operiert hatte. Danach würde sie sich wieder an Ollos Bett setzen, so wie gestern. Sie war froh, dass sie gleich nach ihrer Ankunft in Ingolstadt zu ihm gefahren war. In den kurzen Momenten, in denen er seine Umgebung noch wahrnahm, hatte er sie erkannt und ihre Hand gedrückt, und sie hatte ihm versprochen, am Morgen wiederzukommen.

Ein Blick zur Uhr zeigte Margot, dass es höchste Zeit war, aus dem Bett zu steigen. Sie ging zum Fenster, zog die dunkle Leinengardine zur Seite und rüttelte an dem Fensterknauf, bis der verzogene Holzrahmen endlich nachgab und sich öffnen ließ. Der unerwartete Ausblick, der sich ihr nun bot, nahm ihr für einen Moment den Atem. Grundgütiger, dachte sie erschrocken, die passende Kulisse zum Anlass. Sie sah Gräber, endlose gerade Reihen gepflegter Gräber. Dazwischen solche, die gerade erst aufgeschüttet und mit Kränzen und Blumengebinden bedeckt waren. Margots Augen wanderten die Reihen entlang und blieben an einer ausladenden Trauerweide hängen, an deren Stamm zwei Eichhörnchen entlanghuschten. Das wäre der richtige Platz für Ollo, dachte sie. Oder hatte er schon einen? Sie nahm sich vor, diese Frage so schnell wie möglich zu klären.

Fröstelnd schloss sie das Fenster wieder und zog sich rasch an.

Ihr Handy läutete, als sie gerade den Frühstücksraum verlassen wollte. »Frau Thaler?«, fragte eine Frauenstimme.

»Ja.«

»Schwester Dorothea. Städtisches Krankenhaus. Ich rufe im Auftrag vom Oberarzt Reindl an. Sie möchten wenn möglich erst um zehn zu ihm kommen, weil da eine OP dazwischengekommen ist.«

»Na gut, um zehn also. Wie geht es meinem Onkel?«

»Er war heute Morgen etwas unruhig. Wir mussten ihm ein starkes Beruhigungsmittel geben. Jetzt schläft er erst mal mindestens drei Stunden.«

»Aber ich kann doch zu ihm, oder?«

»Natürlich, aber vielleicht lieber etwas später.«

»Gut. Versprechen Sie mir, mich anzurufen, sobald sich etwas ändert.«

»Über Handy?«

»Ja, ich lasse es die ganze Zeit eingeschaltet.«

Margot stopfte das Telefon in ihre prallvolle Umhängetasche. »Dein Seesack«, frotzelten ihre Kollegen gerne, aber die hatten leicht reden. Die hatten ihre festen Gehälter und konnten auch mal ohne finanzielle Einbuße an ihren Redaktionsschreibtischen einschlafen. Sie dagegen musste sich als freie Journalistin ihre Miete und alles Übrige Zeile für Zeile zusammenschreiben. Da war es praktisch, für alle Fälle immer sein halbes Büro dabeizuhaben, Blöcke und Kugelschreiber, Adressbuch, Terminplaner, Fotoapparat und Handy. Wie bitteschön sollte sie das alles in einem Krokodilledertäschchen mit Goldverschluss unterbringen?

Margot lief vom Frühstückszimmer über einen schmalen Flur zur

Rezeption, einem engen Vorraum, von dem aus die Haustüre nach draußen führte. Gegenüber der Tür war ein Holztresen so in die Ecke eingepasst, dass er möglichst wenig Platz wegnahm. An der Wand dahinter hingen an einem Brett die Zimmerschlüssel. Margot blieb unschlüssig stehen und überlegte, wie sie die unverhofft gewonnenen eineinhalb Stunden nutzen konnte. Sie war das erste Mal in Ingolstadt und wusste nur, dass Audi hier seine Autos produzierte, was augenscheinlich zur Folge hatte, dass es sich für einen anständigen Ingolstädter gehörte, einen Wagen dieses Fabrikates zu fahren. Jedenfalls war ihr das am Abend zuvor während der Taxifahrt von der Klinik hierher so vorgekommen.

»Grüß Gott. Kann ich etwas für Sie tun?«

Margot ging hinüber zu der Frau hinter dem Tresen, die offenbar den Nachtportier abgelöst hatte. »Ja, können Sie. Gibt es irgendetwas Sehenswertes, was ich von hier aus zu Fuß erreichen kann?«

»Freilich. Hier, ich zeig's Ihnen.« Die Angestellte breitete beflissen einen Stadtplan vor Margot aus und piekste mit einem spitzen Bleistift mitten hinein. »Sie brauchen nur«, begann sie, wurde aber jäh unterbrochen. Zwischen die Köpfe der beiden Frauen und genau auf die Altstadt von Ingolstadt knallte der Schlüssel von Zimmer sieben.

»Wie lange soll ich Ihnen das Ding noch hinhalten?«, fragte eine Männerstimme, deren schneidender, arroganter Ton Margot veranlasste, sich aufzurichten und den Mann genauer zu betrachten. Er war klein, höchstens einen Meter siebzig, und hielt sich deshalb besonders gerade. Margot schätzte ihn auf Ende fünfzig. Wichtigtuerisch und eitel, dachte sie, und entsprechend leicht zu ärgern.

»Wir haben Sie nicht bemerkt«, sagte sie deshalb betont langsam und fixierte dabei ihr Gegenüber, »was mich bei näherem Hinsehen auch gar nicht wundert.«

»Au weh«, stöhnte die Angestellte hinter ihrem Tresen und schlug ängstlich eine Hand vor den Mund.

»Was unterstehen Sie sich. Wer sind Sie überhaupt?«, tönte der Mann, aber seine Stimme klang dünner als zuvor, und Margot registrierte zufrieden, dass er die Fäuste geballt hatte.

»Ich bin jemand, der sich nicht gerne Schlüssel an den Kopf knallen lässt. Auch nicht fast«, antwortete sie, drehte sich um und beugte sich ohne ein weiteres Wort wieder über den Stadtplan. Sie hörte, wie hinter ihrem Rücken die Eingangstür mit einem energischen Ruck geöffnet wurde und kurz darauf mit einem lauten Knall ins Schloss fiel.

»Westentaschenmacho«, lachte Margot, »wo haben Sie den denn eingefangen?«

»Keine Ahnung, er ist kein Stammgast. Ich weiß nur, dass er vorgestern hier angekommen ist. Ich erinnere mich an ihn, weil er nach der Asamkirche gefragt hat. Das hat mich gewundert.«

»Asam? Wer ist denn das nun wieder? Ich dachte, hier sind alle katholisch.«

Margot bemerkte, wie die Frau hinter dem Tresen sie verblüfft musterte mit einem Gesichtsausdruck, der zwischen Mitleid und Belustigung schwankte. Schließlich siegte die Belustigung.

»Mit Kirchen haben Sie es nicht gerade so, oder?«, antwortete sie, zog eine Schublade auf und entnahm ihr ein kleines Heft, das sie Margot entgegenhielt. Das Deckblatt zeigte ein prachtvolles Giebelhaus, das in einem kräftigen Terracotta gestrichen und mit weißem Stuck verziert war.

»Maria de Victoria« las Margot und blätterte ein wenig ratlos weiter, bis sie endlich auf Seite sechs dem Namen Asam begegnete. Dem Deckenfresko des Kirchenmalers Cosmas Damian Asam verdanke das Gebäude seinen Ruhm, stand da, und dass das souveräne Spiel mit Perspektiven, Licht und Farbe nur in Ingolstadt in dieser Vollkommenheit erreicht sei. Margot hielt sich in gespielter Demut die Broschüre vors Gesicht.

»Ich doofes Nordlicht! Glauben Sie, Meister Asam wird es mir verzeihen, dass ich ihn für einen Guru gehalten habe?«

»Schon. Wo Sie ihn ja jetzt kennen, gell. Mögen Sie sich das Fresko mal anschaun? Von neun bis zwölf ist geöffnet. Ist auch gar nicht weit von hier, höchstens zwanzig Minuten zu Fuß.«

Margot sah auf die Uhr und überlegte. Wenn sie jetzt losliefe, wäre sie gegen neun in der Asamkirche und könnte eine gute drei viertel Stunde dort bleiben. Ein Taxi könnte sie dann gegen zehn direkt von der Kirche in die Klinik bringen.

»Gute Idee«, sagte sie und klemmte sich den Stadtplan unter den Arm.

Als sie schon halb aus der Tür war, fiel ihr eine Bemerkung der Frau wieder ein, die sie nicht verstanden hatte.

»Warum hat es sie gewundert«, fragte sie, »dass dieser unhöfliche Mensch da, sie wissen schon, der kein Stammgast ist, dass der nach der Asamkirche fragte?«

»Na, weil er nicht gerade ausschaut wie einer, der Kirchen besucht. Schon gar nicht katholische.«

Margot verkniff sich die Frage, wie einer auszusehen hat, der vorzugsweise katholische Kirchen aufsucht. Mit einem kurzen Kopfnicken schloss sie die Tür hinter sich und schlug den Weg zur Friedhofstraße Richtung Kreuztor ein.

2

Der Mesner trug einen abgewetzten Lodenmantel und einen speckigen Lodenhut. »Hier jetzt her«, befahl er der Besuchergruppe, einem Dutzend reiferer Herrschaften, die allesamt ergeben hinter ihm herschlurften, staunend den Blick nach oben gerichtet auf das gigantische Himmelswerk des Cosmas Darian Asam.

Der Mesner wartete ab, bis sie ihn schweigend umringten, schickte zum wiederholten Male einen unwirschen Blick zu der Frau mit der Riesentasche, die sich einfach in eine der leeren Bankreihen gesetzt und ihm mithin die Gefolgschaft versagt hatte, und fuhr fort mit seinen Vortrag.

Margot hörte die monotone Stimme und den gutturalen Klang des Bayrischen, das sie ohnehin kaum verstand, wie aus weiter Ferne. Sie hatte den Kopf nach hinten geneigt und ließ sich einfangen von dem Zauber eines weiten, blauen Himmels und einer Flut von Lichtstrahlen, die sich von der Mitte des Deckengemäldes aus in alle Richtungen verteilten.

Quell all des Lichtes war eine Figur, die von betenden Engeln umschwebt wurde. Gottvater persönlich, nahm Margot an, deren Bibelfestigkeit erhebliche Defizite aufwies. Falls du es bist, lieber Gott, dachte sie und blinzelte nach oben, dann bitte richte es so ein, dass Ollo einen sanften Tod ohne Qualen hat.

»Maria im Allerheiligsten des Tempels« hörte sie den Mesner mit erhobener Stimme sagen und ihre Augen folgten seiner ausgestreckten Hand, die auf die Säulen eines prachtvollen Tempels zeigte, in dessen Mitte eine Frau kniete. Aus einem Brunnen davor quoll Wasser und die Darstellung war so plastisch, dass Margot sich einen Moment lang wunderte, wieso es nicht von der Decke regnete.

Sie lehnte den Kopf wieder nach hinten und genoss es, in Asams Welt spazieren zu gehen. Da war zum Beispiel der schwarze Bogenschütze direkt über ihrem Kopf, der hinter einem Stein hervorlugte und die Spitze seines Pfeils auf ihre Stirn zu richten schien. Links von ihm grinste sie ein Elefant an oder das, was der Maler Cosmas Asam sich vor mehr als zweihundert Jahren unter einem Elefanten vorgestellt hatte. Der lange Körper und die kurzen Dachsbeinchen ließen ihn eher aussehen wie ein Gürteltier. Aber immerhin, einen Rüssel hatte er. Margot stand auf, um sich Elefanten und Bogenschützen genauer anzusehen und machte dabei eine frappierende Entdeckung. Während sie ihre Bankreihe entlanglief, folgte ihr der Blick des Elefanten ebenso wie der Pfeil des Schützen. Hatte sie sich zu lange in die himmlischen Sphären hineinfantasiert? Begann sie zu halluzinieren?

»Das ist alles eine optische Täuschung«, sagte eine Stimme neben ihr, »die gesamten vierzig Meter eine einzige optische Täuschung. Er war ein Meister der Perspektiven, der Asam. Ein unerreichter Meister.« Die alte Frau kreuzte andächtig ihre Hände ineinander und sah lächelnd zu Margot hoch. »Ich habe Sie doch nicht erschreckt? Wissen Sie, ich bin gerade da durch den Eingang gekommen und habe Ihren Gesichtsausdruck gesehen. Das hat mir gefallen. Sie mögen seine Kunst, sowas merke ich sofort.«

»Klingt, als wären Sie öfter hier«, antwortete Margot. Die Frau rückte ihre Samtkappe zurecht, die sie tief in die Stirn bis zu den Augen gezogen hatte, was ihre markante Nase noch markanter erscheinen ließ.

»Wir sehen hier nach dem Rechten, mein Mann und ich«, sagte sie und deutete hinüber zu dem Mesner, der noch immer mit seiner Gruppe beschäftigt war. »Wollen Sie keine Führung?«

»Ich wollte diese ganze Pracht einfach auf mich wirken lassen. Namen kann ich mir sowieso nicht merken. Wie viele Figuren sind das wohl da oben?«

»Fast einhundert. Und beinahe alle bewegen sich mit Ihnen mit, wenn Sie sich bewegen. Sie haben es ja beim Erdteil Afrika gerade selbst bemerkt.« Sie deutete hinauf zu dem Elefanten und wies dann auf die gegenüberliegende Ecke des Freskos.

»Das da zeigt den Erdteil Amerika mit Columbus, der von Indianern begrüßt wird. Und vorne rechts über dem Altar, das ist Asien mit der Königin von Saba. Und jetzt schaun Sie sich Europa an mit dem bayrischen Kurfürsten. Kommen Sie, kommen Sie.«

Sie nahm Margot am Arm und zog sie den Gang entlang. »Schaun Sie, der Kurfürst gleich links über dem Altar, der kniet, gell.«

Margot nickte gehorsam und verkniff sich höflich die Frage, was der bayrische Kurfürst im Zentrum Europas verloren hatte.

»Lassen Sie ihn nicht aus den Augen und passen Sie auf, was er jetzt macht«, sagte die alte Frau und ließ mit einem stolzen »Na« Margots Arm los.

Sie waren nun unmittelbar vor dem Altar angekommen und Margot betrachtete sprachlos die dürren Beinchen des Kurfürsten, die nunmehr vollkommen gerade waren. Keine Frage, er kniete nicht mehr, er stand.

»Ich fasse es nicht, wie geht das«, rief Margot.

»Ja, das hat der Asam keinem nicht verraten. Er hat sein Geheimnis mit ins Grab genommen«, sagte die alte Frau und zupfte ihre Samtkappe noch ein Stück weiter in die Stirn. »Das macht dann zweifünfzig Eintritt«, fügte sie mit einem schnellen Blick zu ihrem Mann hinzu.

Der Mesner war gerade damit beschäftigt, Geld einzusammeln. Die Führung war augenscheinlich beendet.

»Ich muss jetzt gehen«, sagte die Frau hastig, lief mit kleinen Schritten ihrem Mann entgegen und verließ zwei Minuten später mit ihm zusammen den Kirchenraum.

Margot war alleine. Sie setzte sich in die vorderste Bank und schloss die Augen. Fünf Minuten Ruhe noch, dann wurde es Zeit für sie, sich ein Taxi zu suchen und in die Klinik zu fahren.

Ein Knacken unterbrach die Stille und ließ sie aufhorchen. Sie drehte sich um, der Raum war leer. Im gleichen Augenblick hörte sie ein Schaben und dann ein plopp, als sei eine Vase umgefallen. Margot war sich sicher, dass das Geräusch von der Orgelempore kam. Sie sah hinauf, konnte aber hinter der hölzernen, geschnitzten Brüstung keine Bewegung wahrnehmen.

»Hallo«, rief sie, »ist da jemand?«

Die nachfolgende Stille wurde Margot unheimlich. Sie hatte das Gefühl, als hielte irgendwer da oben den Atem an. »Sollten Sie die Orgel klauen wollen, dann lassen Sie das lieber bleiben«, rief sie tapfer, lief aber gleichzeitig, den Blick unverwandt auf die Empore gerichtet, zielstrebig auf den Ausgang zu. Erleichtert sprang sie die drei Steinstufen hinunter auf die Straße und sah zu ihrer Freude, dass in diesem Moment ein Taxi anhielt. Sie lief auf den Wagen zu und prallte fast mit dem Fahrgast zusammen, der eben ausgestiegen war und den sie vom Morgen noch in schlechter Erinnerung hatte – es war der Mann, der Zimmer sieben in ihrer Pension bewohnte. Er lief grußlos an ihr vorbei geradewegs auf die Asamkirche zu.

»Achten Sie auf den Elefanten hinten links«, rief Margot ihm nach »der kann etwas, was Sie nicht können. Lächeln.«

3

Ollo schlief. Sein Atem ging ruhig und gleichmäßig, sein Gesicht wirkte entspannt. Es sah aus, als lächelte er im Schlaf. »Sie sehen, er hat keine Schmerzen«, sagte die Schwester und zog das Laken über Ollos magerem Körper glatt, wobei sie vorsichtig seinen rechten Arm anhob, der über eine Kanüle mit einer Infusionsflasche verbunden war, die an einem Gestänge neben dem Bett hing.

»Ollo«, sagte Margot leise, »ich habe jetzt eine Verabredung mit deinem Arzt. Ich komme gleich wieder. Lauf mir nicht weg bis dahin.«

Es war kurz nach zehn, als sie an eine Tür mit der Aufschrift »Sekretariat Chirurgie« klopfte.

»Könnte es sein, dass Sie zu mir wollen?« Margot sah überrascht auf. Sie hatte den Mann im weißen Kittel nicht bemerkt, der jetzt schräg hinter ihr stand und sie fragend ansah.

»Wenn Sie der Oberarzt sind, bei dem ich angemeldet bin, dann ja«, antwortete sie und versuchte, den Namen auf dem Schild zu entziffern, das er am Revers seines Kittels trug. Gleichzeitig tastete ihre Hand in der Jackentasche nach der Lesebrille, die ihr der Optiker erst kürzlich aufgeschwatzt hatte, obwohl sie doch erst neununddreißig war.

»Ich sag's ja immer, die Schilder sind zu klein für Menschen mit Altersleseschwäche«, sagte der Arzt amüsiert, »mein Name ist Reindl ohne e.«

»Mein Name ist Thaler mit h«, entgegnete Margot, die inzwischen ihre neue Brille aus der Tasche genestelt und aufgesetzt hatte. »Und sprechen Sie bitte laut und deutlich, in meinem hohen Alter hört man auch nicht mehr so gut.«

Sie sah die Lachfältchen in seinen Augenwinkeln, als er sie sachte durch die Tür ins Sekretariat und von dort aus in ein kleines Büro dirigierte. Margot nahm einen leichten Geruch von Talkumpuder wahr, als er an ihr vorbeiging. Sie schätzte ihn auf Anfang vierzig. Sein Name und sein Tonfall ließen keinen Zweifel daran, dass er Bayer war, und Margot fand, dass er auch genauso aussah, wie eine Hamburgerin sich einen Bayern vorstellt. Braune, glatte Haare, braune Augen mit Lachfältchen, eine untersetzte Figur und eine maskuline Ausstrahlung.

Margot, ermahnte sie sich, du bist hier nicht im Biergarten, hier geht es um Ollo und um sonst nichts.

Dr. Reindl machte ihr ein Zeichen, sich auf den Stuhl vor dem

Schreibtisch zu setzen, er selbst setzte sich auf einen Drehstuhl dahinter.

»Wenn Sie Frau Thaler sind, dann sind wir in der Tat verabredet«, sagte er, jetzt wieder ganz sachlich. »Sie sind die Tochter von Lothar Thaler, nehme ich an?«

»Nein, er ist mein Onkel, der ältere Bruder meines Vaters. Ich nenne ihn von klein an Ollo, weil ich Lothar damals nicht aussprechen konnte.«

Margot machte eine Pause. Ihr wurde mit einem Mal bewusst, dass mit Ollos Tod die Verbindung zu ihrer Kindheit gekappt wäre. Denn ihre Eltern waren schon lange tot, und sonst gab es da niemanden mehr. »Wie sind seine Chancen?«, fragte sie bedrückt.

Der Arzt zögerte einen Moment, bevor er antwortete. »Ihr Onkel wird sterben, Frau Thaler. Aber wir hoffen, ihm ein friedliches Sterben ohne Schmerzen ermöglichen zu können.«

»Wozu haben Sie ihn dann noch operiert?«

»Eben deshalb.«

Er zog die Augenbrauen zusammen und stand mit einem Ruck auf. Offenbar hatte ihn die Frage verärgert. »Wir haben ihn operiert, weil sein Krebstumor zu einem Darmverschluss geführt hat. Das sind elende Schmerzen. Er wäre unter großen Qualen daran gestorben. Das wollten wir ihm ersparen. Leider mussten wir feststellen, dass sein Körper voller Metastasen ist. Das Einzige, womit wir ihm jetzt noch helfen können, sind Opiate, die ihn in einem Dämmerschlaf halten. Seltsamerweise reagieren viele Laien pikiert, wenn sie hören, dass Achtzigjährige operiert werden. So, als seien wir Messerwerfer, die vor nichts und niemandem halt machen.«

»Das Temperament dafür hätten Sie jedenfalls«, sagte Margot trocken. »Vor der nächsten Frage werde ich wohl besser den Brieföffner konfiszieren.«

»Tut mir Leid, ich hatte da bei Ihnen einen Unterton rausgehört, gegen den ich mich einfach immer wieder wehren muss. Ich kann nicht anders.«

Dr. Reindl hatte sich inzwischen wieder gesetzt. »Fragen Sie, was Sie wissen wollen, es ist Ihr gutes Recht.«

»Ich weiß nicht, was ich machen soll«, sagte Margot. »Eigentlich müsste ich so bald wie möglich nach Hamburg zurückfahren, andererseits möchte ich Ollo nicht alleine lassen. Aber ich kann nicht Tage und Wochen neben seinem Bett sitzen, ich muss meine Brötchen verdienen.«

»Ihr Onkel bekommt hochdosierte Schmerzmittel, er wird allmählich hinübergleiten und dabei nicht mehr viel wahrnehmen. Niemand kann allerdings vorhersagen, wie lange es noch dauern wird. Nehmen Sie Abschied von ihm und fahren Sie nach Hause. Er ist nicht alleine, er ist versorgt.«

»Aber wenn er doch noch einmal zu sich kommt?«

»Dann informieren wir Sie und Sie können entscheiden, ob Sie den nächsten Flieger nach München nehmen. Im Übrigen können Sie mich jederzeit anrufen.« Er öffnete einen kleinen Lederkasten und entnahm ihm eine Visitenkarte. »Hier ist die Telefonnummer. Und wenn ich nicht erreichbar bin, dann lassen Sie sich den Stationsarzt geben.«

Er stand auf und gab Margot die Hand.

»Gehen Sie jetzt wieder Messer werfen?«, fragte sie und versuchte ein Lächeln.

»Hatte ich eigentlich nicht vor, aber wenn ich es recht bedenke«, antwortete der Arzt und senkte dabei bedeutungsvoll die Stimme, »so ein Hamburger Blinddarm vor dem Mittagessen, das wäre nicht schlecht.«

»Bin schon weg«, rief Margot. »Tschüss.«

Sie schulterte ihre Tasche und lief den Flur zurück zur Station, auf der Ollo lag. Dabei las sie die Visitenkarte, die sie noch immer in der Hand hielt. *Dr. Richard Reindl, Arzt für Chirurgie, Städtisches Krankenhaus Ingolstadt.* Darunter die Nummer des Dienstapparates.

»Richard«, murmelte Margot, »na, wenigstens nicht Leopold oder Ludwig.«

Als sie das Krankenzimmer betrat, lag Ollo noch genauso regungslos unter seiner glatt gezogenen Bettdecke wie eine Stunde zuvor. Sie nahm seine Hand und begann ihm Geschichten aus ihrer Kindheit zu erzählen, Geschichten, an denen er beteiligt war und über die sie auch später noch oft gesprochen und gelacht hatten.

»Im Herbst brachtest du mir immer herrliche, rote Äpfel mit, die du selbst gepflückt hattest. Einmal kamst du gerade dazu, als ich mit meiner Mutter lesen übte, weißt du noch?«

Margot beobachtete Ollos altes Gesicht. Vielleicht hörte er sie ja doch, vielleicht machte er ja doch die Augen auf und sagte: »Na klar erinnere ich mich, ich bin doch nicht verkalkt.«

Aber Ollo rührte sich nicht.

»Du hast einen saftigen Apfel vor mich hingelegt, aber als ich danach greifen wollte, hat meine Mutter ihn weggenommen. Ich sollte erst die Seite fehlerfrei lesen. Aber ich dachte nur noch an diesen Apfel und stotterte und weinte und leckte mir die Lippen, bis du auf den Tisch gehauen hast. Schluss, hast du gerufen, das Kind isst jetzt seinen Apfel, basta. Weißt du noch, Ollo? Ich habe es nie vergessen.«

Margot machte erneut eine Pause. Rühr dich doch, dachte sie, rühr dich doch.

Sie blieb noch viele Stunden bei ihm sitzen. Als es zu dämmern begann, nahm Margot Abschied von Ollo.

4

Die Kneipe war eng und stickig. Der schmale, schlauchartige Raum bot gerade mal Platz für eine Theke und ein paar Bistrotische. Die Gäste kauerten auf harten Holzstühlen, deren Rückenlehnen in der Mitte der Wirbelsäule Druckstellen hinterließen.

Ganz am Ende des Raumes, da, wo der Zigarettenqualm an die Wand stieß, nicht weiterkam und wie ein Schwimmer, der sich am Beckenrand abstößt, eine Kehrtwende machte und wieder zurückwaberte, da also saß an einem Ecktisch Dr. Richard Reindl und rührte in seinem Cappuccino. Er hatte es sich angewöhnt, nach der Klinik nicht sofort nach Hause zu fahren, sondern einen Abstecher hierher zu machen, wo die Leute gesund und guter Stimmung waren, wo es nach Bier, Zigaretten und warmem Leberkäse roch und nicht nach Pfefferminztee und Desinfektionsmitteln. Er steckte sich ein Zigarillo an und beobachtete entspannt die überwiegend jugendlichen Gäste.

Als er allerdings die brünette Frau erkannte, die gerade hereinkam, straffte sich sein Körper. Sie trug das gleiche blaue Jackett wie am Vormittag, dazu einen Rollkragenpullover und Jeans, und über ihrer Schulter hing diese übergroße, ausgebeulte Tasche. Dr. Reindl entgingen nicht die Blicke der Männer, die über Biergläser hinweg die Frau taxierten. Er überlegte, ob er aufstehen und sie an seinen Tisch holen sollte, entschied sich aber dann, abzuwarten, ob sie von sich aus auf ihn zukommen würde.

Margot sah sich unterdessen unentschlossen um. Die vorderen Tische waren alle besetzt und auch an der Bar war kein Platz mehr frei. Sollte sie sich durch den engen Gang weiter nach hinten wühlen oder doch lieber wieder gehen? Aber wohin? Sie kannte sich nicht aus in Ingolstadt und in ihre miefige Pension zog es sie nicht. Nein, sie würde hier einen Schlummertrunk nehmen, sich so gut es ging ablenken von ihren trüben Gedanken und morgen schon vor sieben Uhr mit dem Zug nach Hamburg starten.

So konnte Dr. Richard Reindl von seinem Eckplatz aus beobachten, wie Margot Thaler sich durch das Gedränge hindurchkämpfte und endlich im hinteren Teil des Raumes und damit zwangsläufig unmittelbar neben seinem Tisch ankam. Sie erkannte ihn sofort und setzte sich ohne zu zögern auf den freien Stuhl ihm gegenüber.

»Sind Sie immer noch hinter meinem Blinddarm her oder ist das hier eher Zufall?«

»Vielleicht ist es Fügung«, entgegnete er grinsend, »vielleicht sollten sich zwei so schöne und kluge Menschen wie wir heute Abend hier treffen.«

»Wissen Sie, was mir auffällt?«

Margot kramte ihre noch immer ungeliebte Lesebrille aus der Jackentasche und setzte sie auf, um die Getränkekarte zu studieren und die Kellnerin zufrieden zu stellen, die resolut und ungeduldig auf sie hinunter schaute.

»Mir fällt auf, dass der bayrische Tonfall noch den blödesten Platzhirschsatz irgendwie milder klingen lässt, weniger ernst und damit weniger ärgerlich. Ich nehme einen Merlot.«

»Und wissen Sie, was mir auffällt? Dass feministische Belehrungen auf Hochdeutsch auch nicht angenehmer klingen als auf Bayrisch.«

»Sie finden, ich hätte Sie feministisch belehrt?«

Margot nahm die Brille ab und sah Richard Reindl erstaunt an, wobei sie sich bei dem Wunsch ertappte, er möge sie weniger streng und abschätzend betrachten, als er es in diesem Moment tatsächlich tat.

»Was denn sonst? Ich mache einen harmlosen kleinen Flirtversuch und Sie rasseln sofort mit den Waffen.«

»Oh, ich verstehe.«

Margot breitete die Arme aus und hätte fast der Kellnerin den Merlot aus der Hand geschlagen. Sie wartete, bis das Glas vor ihr stand und nahm einen kräftigen Schluck.

»Wenn der gnädige Herr einen Flirtversuch unternimmt, muss die Angeflirtete in tiefer Ehrfurcht erstarren, wenn möglich auch noch erröten, in jedem Fall aber dankbar sein. Sie halten mich also für eine Zicke.«

»Ja.«

»Ja?«

Als die Unterhaltung der beiden an diesem Punkt angekommen

war, beugte sich die Kellnerin über die Bartheke zu ihrem Kollegen hinüber, der das Bier zapfte.

»Schau dir die an«, raunte sie und deutete mit dem Kopf zu dem Ecktisch, »wenn's so weitergeht, watscht sie ihm noch eine. Oder er ihr. Vorhin hat sie mir schon fast das Glas aus der Hand geschlagen«.

»Das ist aber nicht die Seine«, raunte der Kollege zurück, »die kenn ich nämlich, die sieht anders aus.«

»Die da ist nicht von hier. Eine Preußin.«

»Muss ja krachen«, stellte der Barmann kategorisch fest und stellte zwei frischgezapfte Pils auf ein Tablett.

In der folgenden halben Stunde beobachtete die Kellnerin, wie die Miene der Frau am Ecktisch immer ernster wurde, wie sie immer stiller wurde und im Gegenzug der Mann auf sie einzureden schien. Schließlich sah sie, wie die Frau aufstand, ihre dicke Tasche schulterte, dem Mann flüchtig mit einem kurzen Kopfnicken die Hand reichte, sich umdrehte und das Lokal verließ. Der Mann bestellte anschließend noch ein Bier, blieb noch eine Weile grimmig sitzen und ging dann ohne einen Gruß.

»Dem hat's die Petersilie verhagelt«, sagte die Kellnerin zu ihrem Kollegen, der weise nickte, weil er so etwas schon öfter erlebt hatte.

Während Dr. Richard Reindl also übellaunig und mit sich selbst unzufrieden in sein Auto stieg, um nach Hause zu fahren, war Margot bereits zu Fuß von der Theresienstraße aus Richtung Asamkirche geschlendert, froh, an der frischen Luft zu sein nach diesem seltsamen Streitgespräch, dessen Auslöser so nichtig war und dessen Verlauf sie irritierte. In der letzten halben Stunde hatte er ihr ein Loblied auf seine Lebensgefährtin gesungen, die Christa hieß und Anästhesistin war. Von ihrer Sanftheit hatte er gesprochen, ihrer Fähigkeit, auf seine Bedürfnisse einzugehen, von ihrer Toleranz und Kompromissbereitschaft und natürlich ihrem Verständnis für seinen Beruf. All das hatte er gelobt und gepriesen als Tugenden, die eine gute Partnerin für einen Mann auszeichneten.

»Aber warum erzähle ich Ihnen das«, hatte er zum Schluss gesagt und verlegen seine leere Kaffeetasse hin und her gedreht.

»Das«, hatte Margot geantwortet, »könnte Ihnen jeder Psychologiestudent im ersten Semester erklären. Eine meiner Kolleginnen wurde von ihrem Mann verlassen. Seither beteuert sie von morgens bis abends, wie glücklich sie ist, endlich alleine zu sein. Sie sitzen hier mit mir und loben ohne Ende die unvergleichlichen Vorzüge Ihrer Superfrau zu Hause. Sie sollten schleunigst eine Partnerberatung buchen.«

Damit war sie aufgestanden und hatte sich knapp verabschiedet, noch ehe sein geballter Protest über sie kommen konnte.

Margot lief jetzt an der Seitenfront des Münsters entlang und sah schon die Asamkirche auftauchen. Beim Näherkommen fiel ihr ein Polizeiwagen auf, der dem Portal gegenüber parkte.
Seltsam, dachte Margot, was machen die hier in diesem einsamen Gässchen um zehn Uhr abends?
Sie war versucht, die zwei Polizisten in dem Wagen zu fragen, ging aber dann doch zügig an ihnen vorbei und erreichte eine viertel Stunde später ihre Pension, wo sie den Nachtportier um die Rechnung bat und um einen Weckruf für den nächsten Morgen um sechs Uhr. Dass der Schlüssel von Zimmer sieben nicht an seinem Platz hing, bemerkte sie nicht und selbst wenn sie es bemerkt hätte, wäre es für sie ohne Bedeutung gewesen. Genauso wie der Bewohner von Nummer sieben für sie ohne Bedeutung war. Sie hatte ihn längst vergessen.

5

Der Anrufbeantworter zeigte drei Aufzeichnungen an. Margot legte den Stapel Post und Zeitungen daneben, die sie gerade aus ihrem voll gestopften Briefkasten genommen hatte und entschied, sich erst einmal einen Kaffee zu gönnen. Sie pellte sich aus ihrem Mantel, öffnete die Tür zu ihrem kleinen Balkon, atmete genüsslich die frische Luft ein und lief quer durch das Wohnzimmer zu ihrer offenen Küche.

Zehn Minuten später saß sie frisch geduscht und eingewickelt in ihren gelben Frotteebademantel auf dem Barhocker am Tresen ihrer Küche und schlürfte einen heißen Kaffee. Sie war froh, wieder zu Hause zu sein. Ollo würde das verstehen, da war sie ganz sicher. Sie dachte an seinen letzten Besuch vor zwei Jahren zurück.

»Eine gemütliche Wohnung hast du hier«, hatte er gesagt, »vielleicht ein bisschen viel Papierkram überall, aber sie passt zu dir.«

Dabei hatte er viel sagend gegrinst und mit keinem Wort Harald erwähnt, der kurz vorher ausgezogen war, weil er Margots »chaotischen Lebensstil« nicht mehr hinnehmen wollte. Margots Trauer über das Ende ihrer Zweisamkeit mit Harald hatte sich in Grenzen gehalten. Sie hatte noch mehr gearbeitet als sonst und hatte mit Genuss Zeitungen und ungelesene Post um ihren Schreibtisch herum gestapelt. Noch jetzt, mehr als zwei Jahre nach Haralds Auszug, genoss sie es, sich nicht jedesmal rechtfertigen zu müssen, wenn sie spät ins Bett ging und morgens dafür spät aufstand.

Margot trank den Kaffee aus und rutschte von ihrem Hocker.

»Genug geträumt«, sagte sie zu sich selbst, »der Alltag ruft«.

Sie streifte sich rasch Jeans und Bluse über, feuerte den Bademantel in die Ecke neben den Schlafzimmerschrank und lief dann zielstrebig ins Wohnzimmer zurück zu ihrem altertümlichen Schreibtisch mit dem blinkenden Anrufbeantworter darauf.

Der erste Anrufer war Jens Schiller, Redakteur beim JOURNAL, wo er das Ressort Modernes Leben leitete.

»Ruf mich zurück, wenn du im Lande bist«, sagte er, »könnte sein, dass wir ein Thema für dich haben.«

Margot nickte zufrieden. Seitdem der alte Senft nicht mehr Chefredakteur war und zur Genugtuung seiner Mitarbeiter samt seiner Boshaftigkeit in der Bedeutungslosigkeit versank, machte es wieder Spaß, für das JOURNAL zu arbeiten. Sie machte sich eine Notiz und ließ das Band weiterlaufen.

»Hier Reindl, Ingolstadt.«

Margot starrte erschrocken den Apparat an.

»Der Zustand Ihres Onkels ist unverändert«, hörte sie weiter, »er hat keine Schmerzen. Sie können mich noch bis sieben in der Klinik erreichen, wenn Sie wollen.«

Reindl machte eine kleine Pause, ehe er weitersprach. »Und dann wollte ich noch sagen: es tut mir Leid, dass ich so unkontrolliert war gestern Abend. Ja. Das war alles.«

»Geht in Ordnung, ich war auch nicht ohne«, antwortete Margot lächelnd einem imaginären Dr. Reindl und nahm sich vor, ihn gleich anzurufen. Da aber hörte sie schon die Stimme ihres alten Freundes Bernd Zazek, was insofern ungewöhnlich war, als er Anrufbeantworter hasste und sie möglichst ignorierte. Seine Stimme klang ungeduldig.

»Kann man dich nirgends hinfahren lassen, ohne dass du gleich Tote hinterlässt? Also, melde dich schnellstens bei mir wegen der Geschichte in Ingolstadt. Du wirst als Zeugin gesucht, Menschenskind. Und dein Handy könntest du auch mal wieder einschalten.«

Margot öffnete schuldbewusst ihre Tasche, die sie nach der langen und ermüdenden Bahnfahrt achtlos auf den Boden geworfen hatte und wühlte ihr Handy heraus, um es aufzuladen. Dann wählte sie Hauptkommissar Bernd Zazeks Dienstnummer.

»Zazek.«

»Zeugin.«

»Wie bitte?«

»Na, deine Zeugin meldet sich gehorsamst zur Stelle. Was ist eigentlich los?«

»Na endlich. Wann bist du aus Ingolstadt zurückgekommen?«

»Vor einer Stunde ungefähr. Woher weißt du überhaupt, dass ich dort war? Sag endlich, was los ist.«

»Warte, das muss ich einen Augenblick genießen.«

In Bernd Zazeks Stimme lag tatsächlich ein Wohlbehagen, das Margot sonst nur von ihren gelegentlichen Freitagabendtreffs in ihrer Stammkneipe in der Dorotheenstraße kannte. »Da schnüffelst du hinter jedem Mordfall her, getarnt als Reporterin …«

»In meiner Funktion als Reporterin«, unterbrach Margot empört.

»Und dann«, fuhr Zazek ungerührt fort, »passiert ein Mord vor deiner Nase und du weißt nichts davon. Wunderbar.«

Margot holte tief Luft, bevor sie losdonnerte. »Du willst ein Freund sein? Kommst mir hier zynisch und geheimnisvoll, tust, als wäre ich ein Trüffelschwein. Wer hat denn der Polizei geholfen, den Mord an der Hellseherin aufzuklären? He? Und was war mit dem Fall Sievers? Na, sag schon, Mister Wichtig.«

»Nun gönn doch einem alten Mann mal seinen kleinen Triumph«, sagte Zazek beschwichtigend, »und geh nicht gleich wieder hoch wie eine Rakete. Zur Sache also. Gestern Vormittag wurde in einer Kirche in Ingolstadt der Hamburger Maler Zacharias Zell-Bausig ermordet aufgefunden. Am gleichen Morgen hattest du einen Streit mit ihm.«

»Ich? Quatsch, ich kenne den gar nicht. Was hat er denn gemalt? Wände oder Bilder?«

»Bilder. Und du kennst ihn doch. Ihr habt in der gleichen Pension gewohnt.«

Margot öffnete den Mund, sagte aber nichts. Sie sah den Mann mit den geballten Fäusten vor sich und den Schlüssel, der haarscharf an ihrem Kopf vorbeisauste. »Er war ein Ekel«, sagte sie schließlich und dann schilderte sie ihre Begegnung mit Zacharias Zell-Bausig und berichtete auch von den Geräuschen, die sie in der Kirche wahrgenommen hatte.

»Ist er von der Orgelempore aus erschossen worden?«, fragte sie, nachdem sie ihren detaillierten Bericht abgeliefert hatte.

»Der Täter hat tatsächlich von da oben geschossen«, antwortete Zazek nach kurzem Zögern, »aber nicht mit einer Feuerwaffe, sondern mit einem Pfeil. Mord mit Pfeil und Bogen. Sehr ungewöhnlich.«

»Seltsam, allerdings«, sagte Margot gedehnt, »wo genau hat der Tote gelegen?« Sie hörte Papier rascheln.

»Warte mal. Ja, hier steht es. Vor der linken Fensterseite in Höhe der vierten Bank.«

»Vierte Bank vom Eingang aus oder vom Altar aus?«

»Vom Eingang aus.«

»Interessant.«

»Wieso?«

»Weil der Pfeil des Bogenschützen oben an der Decke, der aus dem Erdteil Afrika, meiner Erinnerung nach genau an dieser Stelle nach unten zeigt.«

»Bitte wie? Afrika, Decke, wovon sprichst du eigentlich?«, fragte Zazek.

Margot fiel ein, dass er die Asamkirche und somit das Deckenfresko nicht kannte. »Tja, Informationsvorsprung, Herr Kriminalrat. Weißt du was? Wenn du willst, komme ich jetzt zu dir in dein behagliches Sperrholzbüro und erkläre dir das.«

»Und ich soll als Gegenleistung noch ein paar Informationen ausplaudern, stimmt's? Kommt nicht in Frage, damit das klar ist.«

»Aber klar ist das klar«, antwortete Margot munter.

Der Blick, mit dem Hauptkommissar Bernd Zazek sie eine halbe Stunde später empfing, schwankte zwischen väterlicher Strenge und Freude über das Wiedersehen. Zazek schätzte Margots Offenheit und Lebendigkeit, aber er fürchtete ihre spontanen Entschlüsse und ihre unbezähmbare Neugierde. Die hatte er schon zu spüren bekommen, als sie sich durch den Sievers-Fall kennen lernten. In dieser Zeit hatte sich eine ruppig-herzliche Freundschaft zwischen ihnen entwickelt, der auch die Tatsache nichts anhaben konnte, dass Zazek gut zwanzig Jahre älter war.

Margot ließ ihren Taschensack geräuschvoll neben den Stuhl fallen und setzte sich.

»Sieh mich nicht an, als hätte ich deine Büroklammern geklaut. Schließlich bin ich hier, um meiner Pflicht als Staatsbürger nachzukommen. Und um deinen kulturellen Horizont zu erweitern, indem ich dir das Deckenfresko beschreibe inklusive Bogenschütze im Erdteil Afrika. Eine starke Symbolik, findest du nicht? Besonders wenn man bedenkt, wo der Tote gelegen hat. Ich könnte mir vorstellen, dass ...«

»Das lass mal lieber gleich bleiben«, unterbrach Zazek. »Du gehst jetzt brav nach nebenan und gibst deine Zeugenaussage für die Kollegen in Ingolstadt zu Protokoll, dann kommst du wieder hierher und wir nehmen noch einen Kaffee in der Kantine.«

Margots Rücken straffte sich.

»Es stört mich nicht, dass du graue Haare hast, aber dass du mit mir sprichst, als ob du mich im Buggy vor dir herschiebst, das stört mich schon«, fauchte sie, wurde aber unterbrochen, weil ihr Handy läutete.

»Ruiniert den schönsten Wutanfall, so ein Ding«, grinste Zazek.

»Hm«, knurrte Margot und drehte ihm demonstrativ den Rücken zu.

»Thaler.«

Sie hörte einen Moment schweigend zu.

»Ja«, sagte sie dann, »das geht in Ordnung. Ich werde sehen, was ich bis dahin in Erfahrung bringen kann. Ja, ich bin um halb sieben im Studio. Geben Sie mir vorsichtshalber ihre Rückrufnummer.«

Als sie sich wieder umwandte, um einen Zettel vom Schreibtisch zu nehmen, registrierte Zazek, dass aller Ärger aus ihrem Gesicht gewichen war. Sie zwinkerte ihm sogar zu, was einem Friedensangebot gleichkam.

»Ein Auftrag?«, fragte er, als sie das Gespräch beendet hatte.

»Das, Herr Hauptkommissar, war der Bayerische Rundfunk. Sie wollen für ihre TV-Nachrichten heute Abend ein Interview mit mir machen.«

»Oh nein. Wie sind die überhaupt auf dich gekommen?«

»Gute Recherche eben. Sie haben den Portier der Ingolstädter Pension befragt und sind fündig geworden. Sauber.«

Margot zelebrierte ihren Triumph. Betont gelassen zückte sie Notizblock und Stift und rückte ihren Stuhl näher an Zazek heran.

»Herr Hauptkommissar, ich bin hier im Auftrag des BR. Es geht um den Mord an dem Hamburger Maler Zacharias Zell-Bausig. Was hat die Polizei bisher dazu in Erfahrung bringen können?«

Sie stockte, beugte sich zu Zazek vor und lächelte ihn an.

»Sei nicht sauer, Bernd. Es ist mein Job, Informationen abzufragen und deiner, sie zu geben. Ich will ja nur wissen, wann und wie der Mord passiert ist, wo der Mann gewohnt hat und so weiter. Wenn wir damit durch sind, gebe ich auch brav nebenan meine Zeugenaussage zu Protokoll.«

Zazek ließ sich ergeben in seinen Schreibtischsessel zurücksinken. »Also gut«, sagte er sachlich. »Viel ist es nicht, was wir bisher haben, und die Ermittlungen vor Ort führen natürlich die Kollegen in Ingolstadt. Fangen wir an mit dem vermeintlichen Tathergang.«

Zwanzig Minuten später klappte Margot zufrieden ihren Schreibblock zu, in dem sie in Stichworten Folgendes notiert hatte:

1. Zacharias Zell-Bausig, 57 Jahre, allein stehend, wohnte in Hamburg, Barmbeker Straße, in altem Fabrikgelände, eine Schwester, Karla Zell (Telefonbuch?).

2. Wurde Zacharias Z.-B. durch einen Brief nach Ingolstadt gelockt? Hat bei dem Toten gelegen. Briefkopf gefälscht.

3. Den Toten hat Katharina Seidlinger entdeckt (Frau des Mesners!) um zwölf Uhr am 4. Mai, Montag. Er lag auf dem Rücken, Pfeil in der Brust. Abgeschossen von der Orgelempore aus. Ein Bogen wurde nicht gefunden.

Es war schon später Nachmittag, als Margot endlich das Polizeipräsidium verlassen konnte, nachdem sie auch noch ihre Zeugenaussage ordnungsgemäß abgeliefert hatte. Zu einem Kaffee mit Bernd hatte die Zeit nicht mehr gereicht, und so suchte Margot jetzt in ihrem alten Golf nach einer übrig gebliebenen Dose Cola oder wenigstens einer angebrochenen Flasche Wasser, fand aber nur eine zerknüllte Tüte mit ein paar alten Keksen. Nicht mal auf seine eigene Unordnung kann man sich mehr verlassen, dachte sie, steckte ihr Handy in die Ladestation und startete. Das Interview mit den Bayern sollte vom Studio Hamburg aus geschaltet werden und bis dorthin brauchte sie im Hamburger Berufsverkehr mindestens eine drei viertel Stunde. Immerhin konnte sie in dieser Zeit die nötigsten Telefonate erledigen, als Erstes den Anruf in der Klinik in Ingolstadt. Die Durchwahlnummer von Reindl hatte sie zu Hause neben dem Anrufbeantworter liegen lassen.

»Mist«, fluchte Margot leise, und der Fluch galt sowohl ihrer Vergesslichkeit als auch der ersten roten Ampel, vor der sich mindestens zehn Autos aufgestaut hatten. Da sie ohnehin stand, tippte sie die Nummer von Ollos Station ein, die hatte sie wenigstens im Kopf.

Bis sie gerade noch pünktlich die Studios erreichte, hatte Margot dank der in Hamburg üblichen überlangen Rotphasen alle Gespräche geführt und darüberhinaus einen Entschluss gefasst: sie würde so schnell wie möglich noch einmal nach Ingolstadt fahren.

6

Dr. Richard Reindl zog den Kittel aus, wechselte Hemd und Hose, warf einen kurzen Blick in den Spiegel über seinem Waschbecken und verließ sein Büro. Es war bald sieben, Schluss für heute. Wie es seit Jahren seine Gewohnheit war, erkundigte er sich noch einmal auf allen Stationen nach den Frischoperierten, bevor er mit dem Fahrstuhl nach unten fuhr.

Er wollte gerade die letzte Station verlassen, als ihm Schwester Dorothea eilends hinterherlief. »Hätte ich ja fast vergessen, Herr Doktor. Ich soll Sie von Frau Thaler grüßen, Sie wissen schon, die Nichte von unserem Herrn Thaler hier.«

»Hat sie bei Ihnen angerufen?«

»Ja, vor ungefähr einer halben Stunde. Wollte wissen, wie es ihrem Onkel geht. Sie musste wohl zu einer Besprechung oder so was, jedenfalls hatte sie es ziemlich eilig.«

»Aha. Na gut. Danke dann und ruhigen Dienst noch.«

Als Dr. Richard Reindl an diesem Abend die Klinik verließ, war er nicht gerade bester Laune. Vor allem ärgerte er sich über sich selbst, denn er musste sich eingestehen, wenn auch widerwillig, dass er auf einen Anruf aus Hamburg gehofft hatte. Er hätte gerne geklärt, dass er an sich ein umgänglicher, verträglicher Mensch war und dass es ihm Leid tat, das Wort Zicke gebraucht zu haben. In Wahrheit fand er Margot Thaler auch keineswegs zickig. Ein wenig anstrengend vielleicht, das schon, möglicherweise auch etwas schwierig, aber nicht zickig. Genau genommen hatten ihn ihre großen grünen Augen und ihr lebhaftes Temperament vom ersten Augenblick an fasziniert, aber das konnte er ihr ja schlecht sagen, nachdem er abends in dieser Kneipe ziemlich sofort ins Fettnäpfchen getreten war. Und dann hatte er ihr auch noch von Christa vorgeschwärmt, wohl um sich selbst vor Anfechtungen zu schützen. Na, das war ihm ja auch perfekt gelungen. Anstatt ihn anzurufen, hatte Margot Thaler es vorgezogen, sich auf Station nach ihrem Onkel zu erkundigen.

Richard Reindl nahm an diesem Abend keinen Cappuccino in der Stadt, er fuhr direkt nach Hause in die geräumige Wohnung, die er seit sechs Jahren mit Christa bewohnte, sechs harmonische Jahre ohne aufreibende Auseinandersetzungen und kräfteraubende Diskussionen. Sie führten ein ruhiges, ausgeglichenes Leben, standen früh auf, gingen früh schlafen, fuhren zweimal jährlich in Urlaub und an den dienstfreien Wochenenden trafen sie Freunde.

Christa saß im Sessel unter der Stehlampe und studierte Ferienprospekte. Es hatte sich eingebürgert, dass sie die Planung der Reisen übernahm. In sechs Wochen wollten sie in die Toscana fahren. Dort ist es im Juni besonders schön, hatte Christa gesagt, und nun suchte sie nach einer Ferienanlage mit Pool.

»Was gefunden?«, fragte er knapp und zog den Mantel aus.

Christa stand auf, nahm ihm den Mantel ab und lief damit in die Diele. Wie meistens trug sie einen Rock, eine Trachtenbluse und eine Weste darüber. Ihr dunkelblondes, halblanges Haar hielt eine Spange straff nach hinten. Ich habe sie eigentlich noch nie in Jeans gesehen, dachte Reindl, besitzt sie sowas überhaupt?

Sie kam zurück mit einer Bierflasche und einem Glas in der Hand. Auch das hatte sich eingebürgert, noch vor dem Abendessen als Erstes ein schönes, kaltes Bier für ihn. Er nahm es entgegen und setzte sich auf die Couch gegenüber Christas Sessel.

»Du bist so nachdenklich, war was in der Klinik?«

Christa schob die Prospekte beiseite und setzte sich ebenfalls.

»Zum Glück nicht, nein. Ich bin nur müde, das ist alles.«

»Magst du dir ansehen, was ich ausgesucht habe? Ich sollte morgen buchen, denn so viel Zeit haben wir ja nicht mehr. Hier, zwei Adressen habe ich angekreuzt.«

Reindl betrachtete die abgebildeten Fotos und warf einen Blick auf die Preislisten. Die Angebote waren ziemlich gleichwertig. »Nehmen wir das hier«, sagte er deshalb aufs Geratewohl und schaltete den Fernseher ein. Christa stand mit einem Seufzer auf.

»Willst du ein Hühnerbein mit Gurkensalat und frischem Brot?«, fragte sie gereizt.

»Hm, ja bitte.«

Die Regionalnachrichten machten auf mit dem Selbstmord eines Umweltexperten der Grünen, der sich in Nürnberg mit Benzin übergossen und angezündet hatte, sendeten danach einen Bericht über eine Massenkarambolage zwischen Passau und München und kündigten schließlich »Neues zu dem rätselhaften Mord in der Ingolstädter Asamkirche« an. Der Moderator fasste noch einmal kurz die Fakten vom Vortag zusammen und erwähnte auch die Hamburger Journalistin, die das Opfer möglicherweise als Letzte kurz vor der Tat gesehen hatte. »Wir sind jetzt live mit dem Studio in Hamburg verbunden«, sagte er, »und ich begrüße dort meine Kollegin Margot Thaler. Guten Abend nach Hamburg.«

»Guten Abend«, sagte Margot und lächelte verhalten in die Kamera, wie man sie angewiesen hatte.

Reindl ließ den Hähnchenschenkel sinken, aus dem er gerade ein saftiges Stück weißes Fleisch herausgebissen hatte. Sie sah frisierter aus als am Abend zuvor in der Kneipe, fand er. Ihr dichtes, braunes Haar fiel mit einer sanften Innenwelle auf die Schultern, der Pony war gleichmäßig in die Stirn gezupft.

Margot erzählte zunächst von ihrer Begegnung mit Zacharias Zell-Bausig vor der Asamkirche.

»Wer war der Mann«, fragte der Moderator weiter, »kannte man den Maler Zell-Bausig in Hamburg?«

»Eine Societygröße war er nicht, falls Sie das meinen.«

Margot warf einen Blick auf ihre Notizen, wie es ihr der Regisseur kurz vor der Sendung empfohlen hatte und las dann ihren Text weiter vom Teleprompter ab.

»Soweit ich es in der Kürze der Zeit bisher recherchieren konnte, war Zacharias Zell-Bausig eher eine tragische Figur. Seine Bilder kamen nicht an, Ausstellungen hatte er schon lange keine mehr. Sein Brot hat er mit Malkursen verdient, die er in seiner zum Atelier umgebauten Garage abhielt. Aber auch die Kurse waren nicht mehr gut besucht in letzter Zeit.«

»Ist inzwischen bekannt, warum er in Ingolstadt war?«, fragte der Moderator.

»Da gibt es bislang nur Vermutungen. Zell-Bausig war beruflich und finanziell am Ende. Möglicherweise suchte er in Ingolstadt eine neue Existenzgrundlage. Die Polizei hat einen Brief bei ihm gefunden, in dem er für zehn Uhr dreißig am Tag des Mordes in die Asamkirche bestellt wird zu einer Besichtigung des Freskos. Auf dem Briefkopf ist der Name einer Agentur, die es nicht gibt.«

»Also eine Falle.«

»Möglicherweise.«

»Frau Thaler, wir danken Ihnen für das Gespräch.«

Reindl hielt das angeknabberte Hühnerbein zwischen Daumen und Zeigefinger und starrte noch auf den Bildschirm, als der Moderator schon den Wetterbericht verlas.

»Die eben, diese Journalistin, kennst du die?«, fragte Christa plötzlich, und Reindl wunderte sich, ob das nun weibliche Intuition oder ein Zufallstreffer war.

»Komisch, wie kommst du darauf?«

»Du hast das Kauen vergessen.«

»Ich kenne sie, aber ich wusste nicht, dass sie Journalistin ist. Das hat mich halt überrascht, plötzlich eine auf dem Bildschirm zu sehen, mit der ich erst einen Tag zuvor in meinem Büro gesessen habe.«

»Ach«, sagte Christa spitz und zog die Augenbrauen hoch.

»Nix ach.« Reindl schluckte endlich den Hühnerbrei in seinem Mund herunter.

»Sie wollte mit mir über ihren Onkel sprechen, der bei uns im Sterben liegt. Du hast übrigens die Narkose bei ihm gemacht.«

»Ach«, sagte Christa wieder, diesmal aber mit einem verlegenen Unterton, »etwa der alte Mann mit dem inoperablen Darmtumor?«

»Genau der. Lothar Thaler, ihr Onkel. Und das ist schon alles. Beruhigt?«

Leider ist das schon alles, schob er in Gedanken hinterher, lächelte aber gleichzeitig Christa aufmunternd zu. In sechs Wochen fuhren sie gemeinsam in Urlaub und bis dahin würde er diese kleine Irritation längst in den Griff bekommen. Kein Grund zur Beunruhigung. Wirklich nicht, in keinem Fall, absolut absurd.

7

Der alte Golf keuchte und hustete die Barmbeker Straße entlang. Die Zündkerzen wahrscheinlich, dachte Margot und versuchte sich zu erinnern, wann sie zuletzt gewechselt wurden und was das damals gekostet hatte. Zum Glück hatte sie gestern Abend für das unverhoffte Interview im Bayrischen Fernsehen ein ganz nettes Honorar kassiert. Und das Portrait zum sechzigsten Geburtstag dieses Boulevardschauspielers, das Jens Schiller vom JOURNAL heute Morgen telefonisch bei ihr in Auftrag gegeben hatte, würde ihr Konto vor dem Absturz in die roten Zahlen retten. Sie konnte es daher ohne weiteres verantworten, diesen Tag dem verstorbenen Zacharias Zell-Bausig zu widmen.

Margot überquerte Goldbekufer und Semperstraße und entdeckte wenige hundert Meter weiter die stillgelegte Fabrik mit den eingeschlagenen Fensterscheiben, in deren Hinterhof Zell-Bausig in einem ebenerdigen Bungalow gelebt hatte. Sie bog in eine holprige Einfahrt ein, die Räder des Golf knirschten auf bröseligen Steinen und altem Kies. Auf dem verlassenen Gelände lagen verstreut rostige Eisenträger, verrottetes Holz und zerbrochenes Glas herum. Vor einem Bungalow aus dunkelrotem Klinker, der hinter dem Fabrikgebäude auf einem quadratischen Stück Rasen stand, hielt Margot an. Sie stieg aus und besah sich als Erstes die zum Atelier umfunktionierte Garage rechts neben dem Wohnhaus. Mörtelspuren ließen erkennen, dass das ursprüngliche Garagentor irgendwann durch eine zweiflügelige Glastür ersetzt worden war. Hineinsehen konnte Margot nicht, jemand hatte von innen eine dunkle Gardine vorgezogen.

»Mist«, knurrte sie, lief quer über den Rasen und läutete.

»Sie sind aber pünktlich«, sagte Karla Zell und ging Margot voraus in ein Zimmer, das schon auf den ersten Blick jede Gastlichkeit vermissen ließ. Es war länglich geschnitten mit einem Fenster an der Frontseite. In der Mitte stand ein langer, grober Holztisch, rechts und links davon zwei ebenso lange Holzbänke ohne Rückenlehnen. Unterhalb der Fensterbank, die mit Kakteen vollgestellt war, kämpfte eine altersschwache Vitrine gegen das Auseinanderfallen.

»Von Gemütlichkeit hat er nicht viel gehalten, mein Bruder, er war so stachelig wie seine Kakteen da. Aber dass er so umkommen musste. Nein, das tat auch nicht Not. Und Sie haben ihn noch kurz vorher gesehen.«

»Eben deswegen habe ich Sie gestern Abend noch angerufen, Frau Zell«, sagte Margot. »Die Umstände seines Todes sind sehr ungewöhnlich. Hatte er Bogenschützen in seinem Bekanntenkreis. Oder hat er selbst einmal diesen Sport betrieben?«

»Ach wo, nie. Er war ein Einzelgänger, wissen Sie, immer nur seine Kunst im Kopf. Aber daraus wurde ja auch nicht das, was er sich erhofft hatte. Ja, und ich steh jetzt da und kann sehen, wie ich seinen Nachlass auflöse.«

»Sie wohnen nicht hier?«

»Nö. Ich bin zwar auch nicht verheiratet, aber mit meinem Bruder zusammen hätte ich das nie ausgehalten. Dass Sie mich gestern Abend hier erreicht haben war nur wegen dem Büro.«

Sie nahm zwei Gläser und eine Flasche Apfelsaft von der wackeligen Vitrine und stellte sie auf den Tisch.

»Möchten Sie was trinken?«

Margot nickte und setzte sich ihr gegenüber auf eine Holzbank, vorsichtshalber in der Mitte.

»Welches Büro?«, fragte sie.

»Na seins, wenn man das so nennen kann. Nebenan hat er sich ein Kabuff eingerichtet mit Computer und Fax und Kopierer und all so was. Er hat ja Kurse gegeben, hatte zusammen so an die achtzig Schüler, junge und alte, da braucht man schon eine Buchführung. Und das ist das Problem.«

»Wieso?«, fragte Margot knapp. Die Büroeinrichtung interessierte sie nicht.

»Na«, fuhr Karla Zell fort, »er hat so gut wie nichts abgeheftet. Hat alles auf Disketten gespeichert und im Computer. Fand er mächtig praktisch, hat er mir selbst immer wieder gesagt. Er hasste Papierkram. Wie soll ich aber jetzt wissen, ob er noch Außenstände hat, zum Beispiel. Ich kann mit so einem Dings nicht umgehen.«

Sie nahm einen Schluck Apfelsaft und sah Margot nachdenklich an. »Kennen Sie sich aus mit Computern?«

»Für den Hausgebrauch reichts«, antwortete Margot.

»Könnten wir dann nicht einmal gemeinsam nach nebenan gehen und aus dem Dings rausholen, was wichtig ist?« Margot sah Karla Zell sprachlos an. Dann nickte sie.

»Wenn Sie möchten. Kommen Sie, fangen wir an.«

8

Wie sieht das denn hier wieder aus!« Gudrun drückte Margot ihren nassen Schirm in die Hand, zog ihren nerzgefütterten Regenmantel aus und warf noch einmal einen missbilligenden Blick ins Wohnzimmer mit den säuberlich auf dem Fußboden sortierten Papierhäufchen. Margot verstaute Mantel samt Schirm im Badezimmer.

»Sind dir die Tierschützer auf den Fersen, oder was treibt dich so unverhofft zu mir?«

Gudrun lachte, hakte die Freundin unter und zog sie Richtung Küche.

»Kaffeedurst und Lust aufs Tratschen«, antwortete sie, wobei sie sich erwartungsvoll auf einen der beiden Barhocker setzte und ihre langen Beine übereinander schlug.

»Gute Idee, ich komme da sowieso nicht weiter.«

Margot deutete mit dem Kopf Richtung Schreibtisch und füllte Wasser in die Kaffeemaschine. »In solchen Situationen fehlt mir Bert Ötting. Wenn ich eine Nuss zu knacken hatte, konnte ich immer mit ihm darüber reden.«

»Und nun ist er dir durchgegangen bis nach Südafrika, der Feigling.«

»Blödsinn.«

Margot tippte sich an die Stirn und stellte eine Schale Kekse auf den Tresen. »Er ist nicht durchgegangen und schon gar nicht mir. Er hat sich ein Jahr Auszeit genommen, um ein Buch zu schreiben. Er brauchte eben mal eine Veränderung, die TRIBÜNE war ihm langweilig geworden.«

Gudrun zog die Mundwinkel nach unten. »Dieser Ötting ist einfach zu blöd.«

»Wieso denn?«

Margot reichte ihr einen Becher mit dampfendem Kaffee und setzte sich neben sie. »Ich kann ihn verstehen. Zumal er bestimmt wieder einen vorgewärmten Chefsessel in einer Redaktion findet, wenn er zurückkommt.«

»Blöd ist er trotzdem. Weil er dich nicht an Land gezogen hat.«

»Mich? Du spinnst ja. Daran haben wir beide nie gedacht!«

»Dann bist du eben auch blöd.«

Gudrun schob zur Bekräftigung einen Keks in den Mund. »Ich kenne keine zwei Leute, die besser zueinander passen und es weniger wahrhaben wollen.«

»Bin ich froh, dass er dich nicht hören kann«, sagte Margot kopfschüttelnd, »er würde sich auf der Stelle totlachen und ich hätte einen guten Freund weniger. Nimm einfach zur Kenntnis, dass ich schwer vermittelbar bin. Reicht doch vollkommen, dass du reich verheiratet bist. So, und nun lass uns nicht über verschüttete Milch nachdenken, erzähl mir lieber, was es Neues gibt.«

»Hoffnungslos«, maulte Gudrun, zog aber gleichzeitig einen Briefumschlag aus ihrer Tasche.

»Wahrscheinlich erklärst du mir gleich wieder, dass ich spinne, aber ich versuche es trotzdem. Also: ich werde mich zu diesem Seminar hier anmelden und ich möchte dich überreden, auch mitzumachen.«

Margot nahm zwei Broschüren aus dem Umschlag. Auf beiden prangte das Logo der Lufthansa, der Kranich.

»Fliegen ohne Angst. Seminare für entspanntes Fliegen«, las Margot und warf der Freundin einen schiefen Blick zu.

»Du hast also immer noch feuchte Hände bei diesen lästigen Einkaufstrips nach London und New York?«

»Sei nicht so zynisch«, konterte Gudrun, »das macht Falten.«

»Die hast du mir schon in der Schule prophezeit, und ich habe immer noch keine«, lachte Margot, »jedenfalls keine, die mich stören. Du willst also tatsächlich dieses Seminar buchen?«

Sie blätterte die dünnere der zwei Broschüren auf und begann zu lesen:

In der ruhigen Atmosphäre einer kleinen Gruppe von sechs bis zwölf Personen lernen Sie an einem Wochenende unter der Leitung erfahrener Diplom-Psychologen neue Möglichkeiten kennen, Stress und Angst beim Fliegen zu bewältigen. Das Seminarprogramm umfasst ein spezielles Entspannungsprogramm, Methoden zur körperlichen und gedanklichen Selbstkontrolle, Vertrauensübungen, flugtechnische Informationen von einem Lufthansapiloten und zum Schluss einen gemeinsamen Linienflug in eine andere deutsche Stadt unter der Anleitung des Psychologen. Die Seminargebühren betragen neunhundertfünfundneunzig Mark.

An dieser Stelle holte Margot hörbar Luft. »Fast ein Tausender. Bist du wahnsinnig? So viel Angst beim Fliegen kann ich gar nicht haben, dass ich mir das leisten würde.«

»Ich wollte, ich dachte …«, stotterte Gudrun.

»Du wolltest mal wieder das Füllhorn ausschütten und alles bezahlen«, ergänzte Margot und schüttelte gleichzeitig den Kopf. Seit Gudrun fast von der Schulbank weg den Reeder Reimar Rahmsen geheiratet hatte und an die vornehme Hamburger Elbchaussee gezogen war, hatte sie weit mehr Geld zur Verfügung, als Margot sich je erwirtschaften konnte.

»Kein Sponsoring bitte, das ist doch wohl geklärt zwischen uns«, hakte Margot nach und stellte mit Nachdruck ihre Kaffeetasse auf den Tresen, wobei ein Teil des Kaffees überschwappte und sich über die dickere der Broschüren ergoss.

»Mist, tut mir Leid«, sagte Margot, »das brauchst du ja wahrscheinlich noch.«

Schuldbewusst tupfte sie die feuchten Seiten des Heftchens einzeln mit einem Papiertaschentuch ab – und hielt plötzlich inne. Ihr Blick war an der Namenszeile neben dem Foto einer Frau in rotem Kostüm hängen geblieben. »Diplom-Psychologin Dörthe Sontner«, las Margot halblaut vor, »leitet die Seminare für entspanntes Fliegen in Hamburg.«

Das feuchte, kaffeebraune Papiertuch in der einen, die Broschüre in der anderen Hand lief Margot ins Wohnzimmer zu den Zettelhäufchen, die sie auf dem Boden verteilt hatte.

»Dörthe Sontner, Märthe Sontner, Mareike Sontner. Dörthe, Märthe, Mareike, alle Sontner«, murmelte sie vor sich hin, während sie aus den Papierstapeln zwei Zettel hervorkramte.

Gudrun war ihr nachgekommen und sah verständnislos auf sie hinunter.

»Lies mal die letzte Zeile hier«, rief Margot und hielt Gudrun eines der Blätter hin, auf dem eine Liste von zehn Namen stand.

»Märthe Sontner«, antwortete Gudrun gehorsam, »Kurs Mittwoch achtzehn bis einundzwanzig Uhr, erstes Halbjahr 1995, ausgeschieden im Mai.«

»Genau. Und was steht hier?« Margot wedelte mit dem zweiten Zettel. Gudrun kniff die Augen zusammen.

»Halt das Ding doch mal ruhig, wie soll ich denn irgendwas erkennen bei diesem Gezappele? Also, da steht: Mareike Sontner, Kurs Dienstag zehn bis dreizehn Uhr, Winter 1997.«

Margot sprang aus der Hocke hoch und strich sich die Haare aus dem Gesicht. »Was folgerst du daraus?«, fragte sie und sah Gudrun erwartungsvoll an.

»Woraus?«

»Na, die Psychologin aus dem Anti-Flugangst-Kurs heißt Dörthe Sontner«, fuhr Margot fort, »was folgerst du daraus?«

»Dass alle drei denselben Nachnamen und sehr ähnlich klingende Vornamen haben.«

»Das ist keine Folgerung, das ist eine Tatsache. Die Folgerung könnte sein, dass sie miteinander verwandt sind, da sie noch dazu alle in Hamburg leben.«

Gudrun nahm Margot wortlos die zwei Blätter aus der Hand und studierte sie aufmerksam. »Wieso interessieren dich eigentlich diese ollen Kurse«, sagte sie schließlich, »der eine hier liegt sogar schon ein paar Jahre zurück. Und wieso ist es überhaupt wichtig, ob die drei Frauen miteinander verwandt sind?«

»Ob es wichtig ist, weiß ich nicht, aber es könnte ein Ansatz sein. Der einzige, den ich im Moment habe. Ich sagte ja schon, ich komme da nicht so recht weiter.«

»Augenblick. Augenblick mal«, rief Gudrun und fasste Margot energisch am Arm. »Du willst doch nicht etwa schon wieder einen Mörder finden? Kannst du nicht wie jeder andere anständige Mensch einfach deinen Job machen?«

»Recherchieren gehört zu meinem Job«, antwortete Margot ungerührt und ließ sich in ihren bequemen Lieblingssessel plumpsen. Sie deutete auf die zweisitzige Couch gegenüber.

»Setz dich!«

Dann erzählte sie Gudrun, was in Ingolstadt geschehen war, und auch von ihrem Besuch bei der Schwester des ermordeten Malers Zacharias Zell-Bausig am Vormittag berichtete sie.

»Ich habe ihr alles Mögliche aus dem Computer ihres Bruders

ausgedruckt«, schloss Margot, »unter anderem eben auch die Listen der Teilnehmer seiner Malkurse. Die gleich zweimal, sie hatte nichts dagegen, dass ich mir einen Satz davon mitnehme. Zell-Bausig hatte alle Kurse der letzten vier Jahre gespeichert«, sie deutete auf die Papiere auf dem Fußboden, »und wärst du nicht hier reingeschneit, wüsste ich wahrscheinlich immer noch nicht, wo ich den Faden aufnehmen soll.«

»Glaubst du denn, dass ihn einer seiner Schüler umgebracht hat?«, fragte Gudrun.

»Keine Ahnung. Zumindest kann ich durch seine Schüler einiges über Zell-Bausig erfahren. Und irgendwo muss ich ja anfangen.«

»Die Polizei muss«, entgegnete Gudrun und schüttelte missbilligend den Kopf, »du musst überhaupt nicht.«

»Muss ich doch!«

Margot lümmelte sich noch tiefer in ihren Sessel und grinste die Freundin verschwörerisch an. »Schließlich war ich mit dem Bogenschützen ganz alleine in der Kirche. Ich habe ihm sogar geraten, nur ja nicht die Orgel zu klauen, was er dann übrigens auch nicht getan hat. Ist doch logisch, dass ich nun auch wissen will, mit wem ich die Ehre hatte. So, und nun melden wir uns für dein Flugangst-Seminar an.«

9

Ollo starb am Sonntag, dem zehnten Mai, genau eine Woche, nachdem Margot von ihm Abschied genommen hatte.

Am Mittag des nächsten Tages stieg sie am Bahnhof in Ingolstadt in ein Taxi und ließ sich, wie schon acht Tage zuvor, auf direktem Wege in die Klinik fahren.

Sie lief durch die weiträumige Halle, vorbei an kleinen Läden, in denen es Zahnpasta und Rätselhefte zu kaufen gab, vorbei an der Cafeteria, aus der sie Geräusche von klapperndem Geschirr und einer zischenden Espressomaschine wahrnahm. Ohne den Blick nach rechts oder links zu wenden, zog sie ihren Koffer hinter sich her bis zu den riesigen Fahrstühlen, die aussahen wie Safes.

»Ebene sechs«, tönte eine blecherne Stimme.

Margot verließ den Fahrstuhl, wandte sich nach rechts und betrat zum letzten Mal die Station, auf der Ollo gestorben war.

Sie war froh, im Schwesternzimmer Schwester Dorothea zu entdecken. So musste sie wenigstens nicht erklären, wer sie war und was sie hier wollte.

»Frau Thaler«, sagte Schwester Dorothea freundlich, verschwand kurz in einem Nebenraum und kam mit einer braunen Stofftasche zurück, »die persönlichen Sachen Ihres Onkels.«

Margot nickte, nahm die Tasche und stellte sie neben sich auf den Boden.

»Danke, dass Sie sich so gut um ihn gekümmert haben«, sagte sie, »und grüßen Sie bitte Dr. Reindl von mir.«

»Ach, das hätte ich fast vergessen. Der Oberarzt möchte Sie noch mal sprechen. Vielleicht haben Sie Glück und er ist gerade in seinem Zimmer.«

Sie wurden unterbrochen von einem surrenden Signalton, der aus einem der Krankenzimmer kam, über dessen Tür jetzt ein gelbes Licht blinkte. Margot nahm Ollos Habseligkeiten in die eine und ihren Koffer in die andere Hand und verließ die Station. Als sie sich umdrehte, sah sie Schwester Dorothea in dem Krankenzimmer verschwinden. Fast gleichzeitig verstummte der Signalton, das Licht blinkte nicht mehr gelb, sondern leuchtete rot.

»Autsch.«

Der Schrei war spitz und ärgerlich. Margot fuhr herum. Die Frau, der sie Ollos Tasche vor den Bauch gerammt hatte, blieb wütend stehen und rieb sich den Magen. Sie trug einen Kittel mit weißen Hosen darunter, die ihr zu groß waren. Das Namensschild wies sie als Dr. Christa Habermann aus.

»Tut mir Leid«, sagte Margot und machte Anstalten, weiterzugehen, aber die Ärztin hielt sie mit einer spontanen Geste am Arm fest.

»Sind Sie nicht diese Journalistin, die vor ein paar Tagen im Fernsehen über den Mord in der Kirche geredet hat?«

»Sie haben ein gutes Personengedächtnis«, antwortete Margot. Etwas im Tonfall der Frau hatte ihr nicht gefallen. Sie wollte so schnell wie möglich zu Reindl und dann raus aus dem Krankenhaus.

»Sind Sie hier wegen Ihres Onkels?«

Margot sah erstaunt auf. »Mein Onkel ist gestern gestorben. Woher wissen Sie von uns?«

Christa Habermann strich sich über die Haare, die wie immer von einer Spange zusammengehalten wurden.

»Mein zukünftiger Mann hat mir die Zusammenhänge erklärt, als wir Sie im Fernsehen gesehen haben. Er hat Ihren Onkel operiert. Sie wissen schon, Dr. Reindl.«

Du bist also die verehrungswürdige Christa, dachte Margot, dich hatte ich mir anders vorgestellt, kleiner, scheuer, nicht so eckig.

»Natürlich, Dr. Reindl«, sagte sie und kam sich plötzlich unbeholfen vor, »ich wollte gerade zu ihm.«

»Er ist nicht da.«

Christa Habermann hatte aufgehört, sich den Magen zu reiben. Sie trat ungeduldig von einem Bein auf das andere und sah auf die Uhr.

»Ein Symposium in München. Aber ich kann ihn gerne von Ihnen grüßen, wenn er heute Abend nach Hause kommt. In die Klinik werden Sie ja nicht mehr kommen, nachdem Ihr Onkel gestorben ist.«

»Nein«, antwortete Margot knapp und beugte sich hinunter, um ihr Gepäck wieder aufzunehmen.

»Da entlang«, sagte Christa Habermann ebenso knapp und wies in Richtung der Fahrstühle. Sie drehte sich um und verschwand hinter einer Glastür, während Margot loslief und die Klinik so schnell sie konnte verließ.

Sie hatte wieder ein Zimmer in der »Pension am Ring« gebucht. Als sie in den kleinen Vorraum trat, wurde sie von der Angestellten an der Rezeption begrüßt wie eine alte Bekannte. »Sie, ich hab Sie im Fernsehen gesehen.«

Margot musste lachen.

»Sie sind schon die Zweite innerhalb der letzten halben Stunde, die mir das erzählt. Ich glaube, ich ziehe nach Ingolstadt, da bin ich jetzt schon so bekannt, wie ich es in Hamburg nie werden kann.«

»Ist das ein Wunder? So einen Mord haben wir nicht alle Tage hier.«

Die Angestellte schob Margot den Anmeldezettel zu und beugte sich über den Tresen, indem sie sich auf ihre Unterarme aufstützte.

»Wenn ich dran denke, wie Sie den fertig gemacht haben, weil er den Schlüssel daher geknallt hat. Mein lieber Mann. Und dann war er tot.«

»Sie glauben also, dass ich es war?«, fragte Margot und schob den ausgefüllten Zettel zurück.

Die Angestellte lief rot an. »Natürlich nicht«, stotterte sie, »ich mein ja nur, so ein Zufall, gell.«

»Da Sie gerade von Zufall sprechen«, sagte Margot und senkte vertraulich die Stimme, »haben Sie den Zell-Bausig vor seinem unfreiwilligen Ende vielleicht zufällig mit jemandem zusammen gesehen, oder hat er Besuch bekommen, oder ist Ihnen sonst etwas aufgefallen?«

»Ich hab ihn nie mit wem gesehen, die ganzen zwei Tage nicht, die er hier war.«

»Er ist also immer alleine hier rein- und rausspaziert?«

»Rein- und rausstolziert trifft's eher«, sagte die Angestellte und fing an zu kichern, »bis auf ein Mal. Sie, das war ein Bild!«

»Was war denn da Komisches?« Margot nahm möglichst beiläufig ihr Diktiergerät aus der Tasche und legte es eingeschaltet auf den Tresen. Die Frau warf nur einen kurzen Blick darauf. Sie deutete zur Tür.

»Da wollte er mal wieder rausstolzieren«, sagte sie und gluckste vergnügt. »Er macht also die Türe auf, starrt nach draußen, schlägt sie mit einem Rumms wieder zu und bleibt wie angewurzelt dahinter stehen. Der hat ausgeschaut, als hätte ihm wer eine runtergehauen. Und dann hat er mich bemerkt und ist ohne ein Wort den Flur runtergehuscht in sein Zimmer.«

»Und was war da draußen?«, fragte Margot in der Hoffnung, dass die Frau ihrer natürlichen Neugierde nachgegeben und hinausgesehen hatte.

»Nix, eigentlich. Obwohl ich dann auch gleich die Tür aufgemacht habe.«

Margot schenkte ihr ein anerkennendes Lächeln. »Sie haben wirklich nichts und niemanden gesehen?«

Die Angestellte schüttelte den Kopf. »Nichts, was einen erschrecken könnte. Überhaupt lief da nur auf der anderen Straßenseite eine Frau mit einem Baby.«

Margot schaltete enttäuscht das Gerät aus und steckte es wieder ein. Mit dieser Ausbeute war bislang nicht viel anzufangen. Sie würde morgen versuchen, mit der Frau des Mesners zu sprechen, die den Toten gefunden hatte.

Zuvor aber musste sie sich um Ollos Beerdingung kümmern und sie musste seine kleine Wohnung in der Altenwohnanlage auflösen.

Als Margot sich nach einer ausgiebigen Dusche, eingewickelt in ein Badetuch, endlich auf dem altersschwachen Holzbett in ihrem Pensionszimmer ausstreckte, bemerkte sie den Sinnspruch, der in einem Bilderrahmen über dem Nachtkasten hing: Auf dem Weg zu einem Freund soll niemals Gras wachsen. Bert Ötting, dachte sie, das solltest du dir mal zu Herzen nehmen. Du lässt einen Urwald auf dem Weg zu mir wachsen. Haust einfach ab für ein Jahr und meldest dich so gut wie nie. Ich bin enttäuscht und sauer, dass du es weißt. Zehn Jahre habe ich uns für Freunde gehalten, in Wahrheit war immer ich diejenige, die den Weg grasfrei gehalten hat. Aber warte nur, wenn du zurückkommst und mich wieder mal bittest, dir aus irgendeiner Patsche zu helfen, dann bist du Luft für mich. Außerdem brauche ich dich sowieso nicht mehr, du aufgeblasene Edelfeder. Ich habe inzwischen einen Mann mit einem richtig anständigen Beruf kennen gelernt, der mich in den vergangenen acht Tagen öfter angerufen hat als du in den vergangenen acht Wochen.

Margot schubste mit den Füßen die Bettdecke nach unten und richtete sich auf. Sie liebte ihre Tagträume, besonders die Flüche und Drohungen, aber dieser hier nahm eine Wendung, die er nicht sollte. Reindl, fand sie, hatte sich gefälligst da rauszuhalten.

10

Der zwölfte Mai war ein für diese Jahreszeit ungewöhnlich warmer Tag. Das Thermometer neben dem Eingang zur Sparkasse zeigte noch am Nachmittag neunundzwanzig Grad an.

Margot lehnte sich an die Hauswand und fächelte sich mit dem Stadtplan Luft zu. Ein Mann schloss die Tür zur Sparkasse von innen ab. Er winkte Margot durch die Glasscheibe zu und lockerte seinen Schlips über dem blütenweißen, akkurat gebügelten Hemd. Margot gönnte ihm seinen Feierabend. Geduldig hatte er ihr bei allen Formalitäten geholfen, die nötig waren, um Ollos Bankangelegenheiten zu regeln, sein Konto und sein Sparbuch aufzulösen. Nun war, neben den Behördengängen und den Verhandlungen mit der Pietät, auch das geschafft. Der Tag morgen war reserviert für Ollos Wohnung, ein kleines, möbliertes Appartement, das sie aus-und aufräumen musste.

Margot verscheuchte den Gedanken an ein schattiges Plätzchen und ein kühles Bier. Wenn sie eine Chance haben wollte, die Frau des Mesners zu sprechen, dann jetzt und nicht erst am Abend. Sie faltete den Stadtplan auseinander und suchte darin den Rathausplatz, ihren augenblicklichen Standort. Die Asamkirche war nach ihrer Schätzung keine zehn Gehminuten entfernt. Sie musste nur die Moritzstraße hochlaufen, dann nach links in die Theresienstraße einbiegen und vor dem Liebfrauenmünster rechts ein paar Schritte in die Konviktstraße hinein, dann war sie schon da.

Schweren Herzens widerstand Margot der Versuchung, einfach die entgegengesetzte Richtung einzuschlagen, die an das nahe Donauufer führte. Die Kopfschmerzen, die begonnen hatten, als sie die Bank verließ, waren schlimmer geworden und die Beine wurden bei jedem

Schritt schwerer. Die letzten Meter bis zur Asamkirche schienen nicht enden zu wollen. Obwohl ihr der Schweiß von der Stirn rann, hatte Margot eiskalte Hände.

Sie stolperte die drei Steinstufen zum Kirchenportal hoch und hatte das Gefühl, auf hoher See zu sein. Froh, sich ins Kühle flüchten zu können, drückte sie die Klinke herunter. Die Tür war zu. Abgeschlossen. Ratlos hielt sich Margot an der Türklinke fest. Um sie herum schien alles zu schwanken. Im Krebsgang schlich sie die Steinstufen wieder hinunter und schleppte sich ein paar Schritte weiter. Das Licht schien ihr wie grelle Blitze in die Augen zu stechen, von weit her, wie durch eine Watteschicht, hörte sie Stimmen, dann verloschen alle Farben und Bilder in ihrem Kopf wie bei einem Fernseher, wenn er ausgeschaltet wird.

Das Erste, was sie danach wahrnahm, war klares, kühles Wasser, das ihr die Gurgel hinunterrann. Jemand hielt ihr ein Glas an die Lippen und stützte ihren Kopf.

»Das wird schon wieder«, hörte sie eine Frau dicht an ihrem Ohr sagen, »viel trinken muss man bei der Hitze und raus aus der Sonne. Dann wird's schon.«

Margot drehte den Kopf Richtung Stimme und versuchte, sich aufzurichten. Sie bemerkte, dass sie in einem niedrigen, abgedunkelten Zimmer auf einer Couch lag. In welchem Zimmer? Auf welcher Couch? Das Gesicht der Frau neben ihr gewann Konturen. Sie hatte schwarz gefärbte Haare, die in kleinen Löckchen vom Kopf abstanden. Ihre tiefbraunen Augen wirkten trotz der faltigen Lider hellwach und aufmerksam. Am markantesten aber war die scharf gebogene Nase, deren Spitze fast die Oberlippe berührte.

Margot nahm einen zweiten Anlauf und schaffte es endlich, sich aufzusetzen. Erleichtert stellte sie fest, dass die Übelkeit verschwunden war. Auch der Kopf schmerzte nicht mehr, sie fühlte sich nur noch ein wenig benommen. Sie sah die alte Frau an und da endlich begann sie zu begreifen, auf wessen Couch sie lag.

»Ich bin die Katharina Seidlinger«, sagte ihre Gastgeberin wie zur Bestätigung. Sie stellte das leere Wasserglas auf den stabilen Holztisch, der vor der Couch stand und setzte sich auf einen gepolsterten Holzstuhl.

»Der Herrgott hat Ihnen meinen Sohn geschickt«, fuhr sie fort, »grad wie Sie umgekippt sind hier vor unserem Haus, ist er aus der Tür raus und hat Sie noch rechtzeitig aufgefangen. Und wie er Sie reingetragen hat zu uns, da hab ich gesagt: das ist doch die vom Fernsehen neulich.«

Nummer drei, dachte Margot, ich bin ein Star.

»Wir kennen uns aber auch persönlich«, entgegnete sie, »ich war am Tag des Mordes in der Kirche und habe mit Ihnen über das Deckenfresko gesprochen. Ich habe Sie nur nicht sofort erkannt, so ohne Samtkappe.«

Die Frau des Mesners schien nachzudenken. »Also, sicher war ich mir nicht, aber jetzt, wo Sie es sagen. Na ja, es kommen halt jeden Tag Leute. Geht's Ihnen wieder besser?«

Margot nickte, wollte sich aber nicht vom Thema abbringen lassen. »Schrecklich, dieser Mord. Ich habe den Mann sogar noch reingehen sehen. Und Sie haben ihn gefunden.«

»Mit einem Pfeil in der Brust«, bestätigte die Mesners-Frau. Sie breitete die Arme seitlich aus. »So ist er dagelegen. Um zwölfe war's, ich wollte zusperren und habe nachsehen wollen, dass auch niemand mehr in der Kirche drin ist.«

»Und? War noch jemand drin?«, fragte Margot.

Katharina Seidlinger strich über die Spitzendecke auf dem Tisch und schüttelte den Kopf.

»Nein. Montags ist eh nie viel los. Deshalb war ich ja in der Frühe nicht da. Nur so gegen elf bin ich hin, war aber nicht im Kirchenraum. Ich wollte nur nachschauen, ob die Putzfrau schon oben bei der Orgel sauber macht. Die kommt immer montags um die Zeit, wissen sie, deshalb war ja überhaupt die Tür zur Empore offen. Sonst ist da abgesperrt. Sie war aber noch nicht oben.«

Margot rutschte vor bis auf die Kante der Couch und stützte die Ellenbogen auf den Tisch. »Eine neue Putzfrau?«, fragte sie hoffnungsvoll.

»I wo. Die Maria macht das schon seit bestimmt vier Jahren. Die ist prima. Und eine ehrliche Haut. Hier, ich zeig Ihnen was.«

Die alte Frau stand auf und holte etwas von einer kleinen Kommode neben der Tür. »Das hier hat sie gefunden und sofort bei mir abgeliefert. Hätt sie ja auch behalten können, hat sie aber nicht.«

Sie legte einen rosa schimmernden Stein in der Größe einer Erdbeere auf den Tisch.

»Rosenquarz«, sagte Margot, »ein Glücksstein wahrscheinlich.«

»Ich würde ihn gerne zurückgeben, aber ich weiß nicht, wem«, fuhr Katharina Seidlinger fort, »vielleicht gehört er ja der Frau mit dem Baby.«

Margot gelang es nur mit Mühe, ihre Überraschung zu verbergen.

»Eine Frau mit einem Baby? Wie niedlich. Wann war das denn?«

»Na, am Mordtag. Als ich um elf nach der Maria gucken wollte, da ist die Frau mit dem Baby gerade rausgekommen. Wie der Wind ist sie die Stufen runter. Das arme Kind, habe ich noch gedacht, wird ganz schön durchgeschüttelt. Kurz drauf kam dann die Maria und hat im Vorraum, direkt vor der Tür zur Orgelempore, den Stein gefunden. Und abgegeben!«

Margot stand auf, vorsichtshalber langsam. Sie fühlte sich gut, nichts schaukelte, sie hatte sich erholt.

»Vielleicht sehen Sie die Frau mal wieder, dann können Sie ihr den Stein ja zeigen«, sagte sie möglichst leichthin.

Katharina Seidlinger trug den Rosenquarz wieder zurück zur Kommode. »Die würde ich gar nicht wieder erkennen mit dem langen Kopftuch, was die umhatte. Außerdem habe ich sie eh nur kurz von der Seite und von hinten gesehen.«

Sie stand auf und schüttelte die Kissen auf der Couch zurecht.

Margot spürte, dass es Zeit wurde, sich zu verabschieden. Gemeinsam mit der Mesners-Frau schlenderte sie bis zu dem Gartentor, an dem sie gut zwei Stunden zuvor umgekippt war. Es war noch immer warm, aber nicht mehr so drückend schwül. Margot fiel erst jetzt auf, dass sie den Hausherrn überhaupt nicht zu Gesicht bekommen hatte.

»Wo ist eigentlich Ihr Mann?«, fragte sie.

Katharina Seidlinger stülpte sich ihre Samtkappe über, ohne die sie offenbar nie das Haus verließ.

»Der ist drüben bei der Orgel mit unserem Sohn und dem Schreiner«, antwortete sie und deutete auf die Asamkirche, »die richten das Holz an der Brüstung, was der Mörder beim Abschuss zersplittert hat. Mit dem Bogen, nehmen wir an.«

Sie folgte Margots Blick Richtung Asamkirche und erriet augenblicklich deren Gedanken.

»Nix da«, sagte sie schnell, »mein Mann kann saugrob werden, wenn ihn wer beim Arbeiten stört.«

»Und Ihr Sohn?«

»Ist wie sein Vater.«

Margot sah ein, dass unter diesen Umständen jeder Versuch, sich die Empore anzusehen, scheitern musste. Sie reichte der alten Frau die Hand. »Danke für Ihre Hilfe und alles Gute für Sie.«

»Wenns wieder mal heiß ist, trinken Sie genug und setzten Sie einen Hut auf«, rief Katharina Seidlinger ihr hinterher, aber da war Margot in Gedanken schon bei der Frau mit Baby und dem verlorenen Glücksstein.

11

Am nächsten Tag gingen heftige Gewitterregen über Ingolstadt nieder. Margot stand am Fenster in Ollos Einzimmerappartement im »Seniorenwohnheim Ludwig« und beobachtete die Passanten, die unter ihren Regenschirmen in gebückter Haltung in die Geschäfte oder zu ihren Autos huschten. An den Rändern der Bürgersteige hatten sich breite Rinnsale gebildet, in der Sonnenmarkise über einem Blumengeschäft sammelte sich ein See, der bald an beiden Seiten überlaufen würde.

Margot lehnte ihre Stirn an das kühle Fensterglas und versuchte, sich zu konzentrieren. Hatte sie auch nichts vergessen? Ollos Kleidung stand in Säcke verpackt abholbereit neben der Tür, ebenso mehrere Kartons mit Büchern und Geschirr. Persönliche Papiere, Briefe und Fotos, die sie zur Erinnerung behalten wollte, hatte Margot in einen Leinensack gestopft und neben den Karton mit Medikamenten gestellt, den sie später in eine der Apotheken in der Nähe bringen würde. Was wegzuwerfen war, hatte sie bereits in den Abfallcontainern im Hof entsorgt. Es ist nicht viel, dachte sie, was nach einem langen Leben von einem Menschen übrig bleibt.

»Die Tür ist offen«, rief sie, als es läutete. Der Mann, der daraufhin hereinschlurfte, sah sich prüfend um, bis sein Blick träge an den Kartons und Säcken neben dem Eingang hängen blieb.

»Straube. Entrümpelungen«, sagte er, ohne in Margots Richtung zu sehen, »das da?«

»Ja, alles, was da steht.«

Wortlos begann er, Stück für Stück aus der Wohnung zu schleppen und nach dem letzten Karton verschwand er klanglos. Margot verließ ihren Platz am Fenster. Diese leergefegten vier Wände bedrückten sie und so sammelte sie eilig zusammen, was sie mitnehmen musste und lief fast fluchtartig hinaus.

Ihre melancholische Stimmung hielt noch an, als sie gegen Abend in ihr Pensionszimmer zurückkehrte und die Leinentasche mit Ollos Papieren, den Briefen und Fotos auf ihrem Bett ausschüttete. Als Erstes nahm sie das Foto, das sie und Ollo zusammen zeigte. Es steckte in einem Silberrahmen und hatte in Ollos Wohnung auf dem Fensterbrett gestanden. Margot stellte es auf den Nachttisch und dachte an den schönen Herbsttag vor zwei Jahren, an dem es aufgenommen worden war. Sie und Ollo hatten sich mit Bert Ötting in Hamburg an der Außenalster zu einem Brunch getroffen und Bert hatte dabei das Foto geschossen. Und jetzt, dachte Margot, ist Ollo tot, Bert weit weg und ich sitze mutterseelenallein in einem stickigen Zimmer und wühle in vergilbten Fotos und alten Briefen.

Sie betrachtete das Durcheinander auf ihrer Bettdecke, stutzte einen Moment und zog dann einen Brief heraus, der augenscheinlich nicht alt und vor allen Dingen noch nicht einmal geöffnet worden war. Margot vergewisserte sich, dass er tatsächlich an Lothar Thaler adressiert war, versuchte vergeblich, den Poststempel zu entziffern und schlitzte endlich das Kuvert auf. Es enthielt eine Theaterkarte und ein kurzes Anschreiben vom dreißigsten April, aus dem hervorging, dass diese Karte acht Wochen zuvor bestellt und per Verrechnungsscheck bereits bezahlt war. Margot versuchte sich zu erinnern, wann genau Ollo ins Krankenhaus eingeliefert worden war. Das musste der zweite Mai gewesen sein, wahrscheinlich genau der Tag, an dem dieser Brief zugestellt wurde. Möglicherweise hatte Ollo ihn noch selbst entgegengenommen, war aber nicht mehr dazu gekommen, ihn zu öffnen. Margot besah sich die Karte näher. Stadttheater Ingolstadt, las sie, Mittwoch, dreizehnter Mai, zwanzig Uhr. Dreizehnter Mai?

Margot ließ sich quer über ihr Bett fallen, angelte sich das Telefon und wählte die Rezeption an.

»Ist heute der Dreizehnte?«, fragte sie, ohne einen Gedanken daran zu verschwenden, wie eine solche Frage wohl aufgenommen würde.

»Ja, noch bis Mitternacht«, war denn auch die etwas süffisante Antwort des Portiers, der eben erst seinen Spätdienst angetreten hatte und der nicht wissen konnte, dass seine Auskunft dem Stadttheater Ingolstadt eine neue Erstbesucherin bescheren würde.

Margot beschloss, die Vorstellung zu besuchen und sie fühlte sich dabei, als habe Ollo persönlich sie dazu eingeladen.

Dem Stadtplan hatte Margot entnommen, dass das Theater am Ufer der Donau lag, nur wenige Meter hinter dem Rathausplatz. Angeregt durch die vielen schönen alten Häuser, die sie in der Altstadt gesehen hatte, samt der beachtlichen mittelalterlichen Stadtmauer, waren ihre Sinne auf einen Abend in einem prachtvollen historischen Gemäuer eingestellt, womöglich mit Lüstern an der Decke und viel Samt an den Wänden.

Der Anblick des grauen, eckigen Betonklotzes mit dem Charme einer Mehrzweckhalle ernüchterte sie auf der Stelle. Kein Gedanke mehr an Lüster und Brokat, stattdessen fiel ihr die Steinlaus ein, die, wäre sie nicht eine Erfindung von Loriot, sich sicher in jeder Ritze dieses tristen Bauwerkes wohl fühlen würde.

Die Eingangshalle unterschied sich optisch von einer Tiefgarage nur durch die fehlenden Autos und durch die Garderobenständer, die vor den nackten Wänden aufgebaut waren und von denen an diesem milden Abend kaum ein Besucher Gebrauch machte. Die Zuschauer strömten jetzt in immer größeren Pulks in den Theatersaal.

Margot setzte sich auf ihren Platz in der dritten Reihe und hoffte inständig, dass das angekündigte Einpersonenstück, eine Inszenierung aus München, ansprechender sein möge als das Ambiente. Und diesmal wurde sie nicht enttäuscht. Der »Kontrabass«, die Geschichte um die Einsamkeit und Lebenslügen eines alternden Musikers, nahm sie gefangen und ließ sie immer wieder an Ollo denken, den alten, einsamen Ollo der letzten Jahre.

Das Publikum beklatschte den Schauspieler zehn Verbeugungen lang und Margot klatschte eifrig mit. Erst als sich die Reihen zu lichten begannen, stand sie auf, rieb sich ihre roten Handballen und trottete hinter anderen her dem Ausgang zu. Sie hatte ihn fast erreicht, als ihr etwas Glitzerndes vor die Füße rollte.

»Mein Ohrring«, rief im gleichen Moment eine blonde Frau, die ein paar Schritte vor ihr ging.

Margot bückte sich und hielt das gute Stück in die Höhe, einen silbernen Klipps, in dessen Mitte ein kleiner, runder, rosafarbener Stein gefasst war.

Die blonde Frau, von der Margot bisher nur den Hinterkopf samt einer perlmuttbesetzten Haarspange wahrgenommen hatte, bückte und drehte sich nach allen Seiten, wobei sie sich ihr verwaistes Ohrläppchen hielt, als habe sie Angst, es könne ihr auch noch abhanden kommen.

Den Mann neben ihr, der sich pflichtschuldigst mitbückte, erkannte Margot noch eher als die Frau. Braves kleines Hundchen, dachte Margot, sucht fleißig Frauchens Ohrring. Sie ließ ihren Arm sinken, das Corpus delicti lag verschlossen in ihrer Hand. Sie spürte eine Mischung aus Ärger, Abwehr und Enttäuschung in sich und der Verdacht, es könnte sich dabei um Eifersucht handeln, machte sie nur noch ärgerlicher. Gib der Frau sofort ihr Geschmeide zurück, befahl sie sich selbst, und dann sagst du brav Gute Nacht und trollst dich.

Sie drängelte sich an drei Frauen vorbei, die zwischen ihr und dem Paar standen und geduldig darauf warteten, dass sie weitergehen konnten, und zupfte Dr. Richard Reindl am Ärmel.

»Es ist nicht nötig, dass Sie unter die Stühle kriechen«, sagte sie und hielt ihm den Ohrring hin. »Er ist mir direkt vor die Füße gerollt.«

»Sie?«

Reindl verbarg nicht seine Freude über das unverhoffte Wiedersehen. Er gab den Ohrring an seine Freundin weiter, ohne Margot aus den Augen zu lassen. »Nun sehen wir uns doch noch mal. Am Montag hat es ja wohl leider nicht geklappt.«

»Weil Sie in München waren«, erwiderte Margot.

»Wie lange bleiben Sie noch?«, fuhr Christa Habermann dazwischen, während sie umständlich versuchte, ihren Ohrschmuck wieder anzuklipsen.

»Hübsch«, sagte Margot, ohne auf die Frage einzugehen. »Echtes Silber, nehme ich an, und der Stein in der Mitte, das ist doch Rosenquarz, oder?«

Aber auch diese Frage blieb zunächst unbeantwortet, denn nun hatte Richard Reindl das Bedürfnis, einen offensichtlichen Irrtum aufzuklären.

»Wieso in München? Ich war nicht in München«, sagte er. Margot sah, wie die Farbe in Christas Gesicht in ein leichtes Rosé wechselte.

Reindl musste das ebenfalls bemerkt haben, denn er musterte beide Frauen abwechselnd, bevor er nachhakte. »Wie kommen Sie auf München?«

»Das habe ich ihr gesagt«, antwortete Christa Habermann eine Spur zu schnell. »Ich hatte deine Termine verwechselt. Tut mir Leid, aber ein Beinbruch ist es ja auch nicht, oder?« Dabei wandte sie sich lächelnd zu Margot und deutete auf ihren Ohrring. »Um Ihre Frage zu beantworten, ja, das ist ein Rosenquarz.«

»Wächst der hier, oder was ist los?«, sagte Margot.

Dass Christa Habermann das Thema geschickt gewechselt und somit von ihrer kleinen Intrige abgelenkt hatte, störte sie nicht. Wenn Reindl es hinnahm, bewacht zu werden wie die britischen Kronjuwelen, dann war das seine Sache und Margot hatte nicht vor, sich da einzumischen. Trottel, fügte sie in Gedanken hinzu und drehte Reindl, der mit zusammengezogenen Augenbrauen neben ihr stand und kein Wort mehr sagte, den Rücken zu.

»Wieso wachsen!«, fragte Christa Habermann und bezog sich damit auf Margots Bemerkung.

Margot hatte keineswegs die Absicht, ihr die Zusammenhänge zu erklären. »War nur so ein blöder Spruch«, sagte sie deshalb, »aber im Ernst, wo kauft man sowas hier in Ingolstadt?«

»Bei Zernacher in der Kupferstraße. Der hat herrlichen handgemachten Schmuck, da kann man sich die Steine vorher aussuchen. Du hast doch die Ohrringe bei Zernacher gekauft, Richard?«

Christa Habermann legte ihre Hand auf Reindls verschränkte Arme und sah ihn fragend an. Reindl hob leicht den Kopf, aber seine Miene blieb düster. »Ja«, knurrte er, um dann umgehend wieder zu verstummen.

Margot beachtete ihn nicht. Alle anderen Zuschauer hatten den Theatersaal inzwischen verlassen, in der Halle standen nur noch vereinzelte Zweier- und Dreiergrüppchen. Margot schulterte ihre Tasche. Sie hatte das Bedürfnis, nach draußen zu laufen, die Nachtluft zu atmen und vor allem dieses verkrampfte Paar hinter sich zu lassen.

»Ich muss los«, sagte sie deshalb, »war nett, Sie getroffen zu haben.«

Ihre Schritte klapperten auf dem Steinfußboden, als sie eiliger als nötig dem Ausgang zulief. Auf halber Strecke blieb sie dann doch noch einmal stehen.

»Um Ihre anfängliche Frage zu beantworten, Frau Habermann«, rief sie zurück, sodass es jede einzelne Steinlaus in jedem Winkel mitbekam, »ich fahre morgen zurück, Sie müssen ihn also vorerst nicht nach München schicken.«

Damit drehte sie sich um und lief hinaus.

12

Margot war in Urlaubsstimmung. Das war sie immer, wenn sie bei schönem Wetter am Ufer der Außenalster saß. Sie genoss es, mit geschlossenen Augen das sanfte, gleichmäßige Plätschern der Wellen zu hören und dabei an Capri zu denken, und wenn sie die Augen wieder aufmachte, genoss sie es, in einer Stadt zu leben, in der man mit geschlossenen Augen an Capri denken konnte. Oder an Venedig.

»Wir haben sogar mehr Brücken hier«, sagte sie und blinzelte in die Sonne.

»Mehr Brücken als wer?«, fragte Jens Schiller und verlagerte seine fast einhundert Kilo so vehement, dass die Parkbank wackelte. Margot hielt sich instinktiv mit beiden Händen an der Kante fest.

»Na, Hamburg hat mehr Brücken als Venedig«, antwortete sie.

»Dafür aber auch mehr Regen«, brummte Jens.

»Oh nein«, stöhnte Margot, »nicht schon wieder die Nummer mit dem Regen. In Süddeutschland regnet es in der Summe mehr als bei uns. Wusstest du das? Ich war jetzt mehrmals unten in Bayern und bin ganz schön oft nass geworden.«

»Während bei uns in Hamburg zur gleichen Zeit der Wassernotstand ausgerufen wurde, ganz klar«, sagte Jens begütigend, »kann es sein, dass du ein klein wenig subjektiv bist?«

»Ich stelle nur richtig«, konterte Margot, »das sollte dir als Journalist in Hamburg auch am Herzen liegen.«

Jens legte theatralisch seine Hand aufs Herz. »Ist dir damit gedient, wenn ich dir schwöre, dass für mich der Montag nach wie vor Spiegeltag ist?«

»Schon besser. Noch mehr wäre mir allerdings mit einem köstlichen Eis gedient.«

Margot deutete mit dem Kopf zu dem Eiswagen, der am Alsterufer nur wenige Schritte entfernt angehalten hatte. »Malaga mit vielen dicken Rosinen«, fügte sie hinzu, »mit vollem Mund arbeitet es sich angenehmer.«

Tatsächlich hatten sie noch Einzelheiten zu besprechen zu einer Story, die Margot unbedingt für das JOURNAL schreiben wollte. Die Idee dazu war ihr auf der Rückreise von Ingolstadt gekommen und sie war nicht nur ausgefallen, sondern sie verknüpfte auf das Angenehmste Margots augenblickliche Interessen. Was natürlich keine Rolle spielen durfte, jedenfalls nicht für das JOURNAL. So hatte sie dem verblüfften Jens noch am Nachmittag ihrer Ankunft ihr Konzept ohne diesen kleinen Nebenaspekt vorgetragen, wobei sie ihr aufkeimendes schlechtes Gewissen damit beruhigte, dass sie Jens nicht auch noch mit Nebenaspekten belasten sollte. Er hatte sich Bedenkzeit bis zum nächsten Tag ausgebeten und so saßen sie an diesem Freitagmittag auf einer Parkbank an der Alster und schleckten Eis.

»Ich fasse zusammen«, sagte Jens und warf einem Schwan seine letzten Eiswaffelreste zu, »du hast die Schnapsidee, dem aus Film und Fernsehen bekannten Schauspieler Hans Hieronymus zu seinem sechzigsten Geburtstag einen Kurs gegen Flugangst zu spendieren und ihn dabei zu begleiten, mit Fotograf natürlich.«

»Falsch!« Margot wischte sich die klebrigen Hände an einem Papiertaschentuch ab und stopfte es achtlos in ihre Tasche zurück.

»Nicht ich spendiere, sondern das JOURNAL. Außerdem ist es keine Schnapsidee, sondern mal was anderes als die übliche Lobhudelei mit Fotos vor dem heimischen Kamin. Und der Mime ist einverstanden. Er macht sich tatsächlich bei jedem Flug ins Hemd. Hat er mir bei unserem Vorgespräch am Telefon so nebenbei erzählt.«

Wie immer, wenn sie ein wenig schwindelte, kreuzte Margot unauffällig ihre Beine unter der Bank, eine Verhaltensweise, die sie dem Aberglauben ihrer Mutter verdankte. »Dadurch ist mir ja die Idee gekommen.«

Jens blieb skeptisch. »Hat er keine Bedenken, sich als Angsthase zu outen?«

»Die konnte ich ihm ausreden. Sieh mal, seine weiblichen Fans werden es toll finden, dass er sich zu einer Schwäche bekennt und die Männer, sofern sie sowas überhaupt lesen, werden denken, der also auch. Die meisten Leute haben doch Angst im Flugzeug.«

Jens schüttelte den Kopf. »Mag ja alles sein, es geht aber trotzdem nicht. Der Mann hat in acht Tagen Geburtstag, die Story muss nächsten Donnerstag erscheinen. Wie willst du das so kurzfristig organisieren?«

Margot legte eine strategische Schweigeminute ein. Es war besser, das Kaninchen nicht allzu schnell aus dem Hut zu lassen. Tatsächlich hatte sie den Kurs für das Wochenendseminar bereits fest gebucht, die Erlaubnis zum Fotografieren eingeholt und sich mit Hans Hieronymus im Terminal vier vor der Buchhandlung verabredet. Nur einen Fotografen hatte sie noch nicht, weil der vom JOURNAL beauftragt werden musste.

»Du hast Recht«, antwortete sie endlich und gab sich Mühe, möglichst nachdenklich auszusehen, »die Organisation wird hektisch. Aber es wird schon klappen. Nur einen Fotografen musst du mir besorgen so schnell es geht, ich brauche ihn ab morgen früh für das komplette Wochenende. Er soll mich heute noch anrufen, dann bespreche ich alles Weitere mit ihm. Dienstagmittag hast du die Story auf dem Tisch. Vierzehn Blatt.«

»Neun«, korrigierte Jens und erhob sich zu seiner vollen Länge von einssiebenundachtzig. Margot war ebenfalls aufgestanden und schielte zu ihm hoch.

»Zwölf.«

Jens blieb unbeeindruckt. »Keine Zeile mehr als neun Blatt. Wir produzieren eine Illustrierte und nicht das Telefonbuch.«

Margot stöhnte hörbar, stakste aber friedlich neben Jens her über die Wiese zur Straße, wo sie beide ihre Autos geparkt hatten. Sie schickte der Alster, den Schwänen und Segelbooten einen wehmütigen Abschiedsblick und schloss ihren alten Golf auf.

»Hans Hieronymus, sechzigjähriger Seifenopernserienliebling«, sagte sie, um noch einen allerletzten Versuch zu starten, »allein diese simple Information kostet schon eine Zeile.«

Jens fasste sie lachend um die Schulter. »Und wenn du noch so runde Kulleraugen machst, ich lass nicht mit mir handeln. Fährt der überhaupt noch?«

Er umrundete den Golf und hielt Margot die Fahrertür auf.

»Muss er ja«, sagte Margot und ließ zum Beweis den Motor an, »ein neueres Modell kann ich mir nicht leisten bei diesen Halsabschneidermethoden meiner Auftraggeber.«

»Du bist gerade dabei, dich auf acht Blatt runterzureden«, feixte Jens und schlug die Autotür zu.

»Und noch ein Tipp von Halsabschneider zu Nervensäge. Verkneif dir Wörter wie Seifenopernserienliebling. Schauspieler tut's auch und ist außerdem kürzer.«

»Klugscheißer«, murmelte Margot, aber das hörte Jens schon nicht mehr, weil sie im gleichen Moment Gas gab. Im Rückspiegel sah sie, wie er ihr mit der einen Hand nachwinkte, während er sich mit der anderen die Nase zuhielt.

13

Am Samstagmorgen um neun Uhr war Terminal vier am Hamburger Flughafen fast leer. An den gelben Schaltern in der Abfertigungshalle standen nur vereinzelt Reisende, die sich eincheckten und ihr Gepäck auf die Laufbänder schoben. Die meisten Schalter waren um diese Zeit noch geschlossen.

Margot lief neben Udo quer durch die Halle, die an diesem schönen Maimorgen dank einer riesigen Glaskuppel lichtdurchflutet war. Udo war bepackt mit zwei Aluminiumkoffern und einer geräumigen Umhängetasche. In den zahlreichen aufgenähten Taschen seiner Weste hatte er außerdem alle nützlichen Kleinutensilien verstaut, die ein Fotograf schnell zur Hand haben musste, Filme beispielsweise, Belichtungsmesser, Papier, Bleistift, Zigaretten und Feuerzeug. Margot arbeitete das erste Mal mit Udo, aber schon als sie ihn pünktlich um viertel vor neun am Blumenladen in der unteren Ebene des Terminals traf, ahnte sie, dass es nicht leicht würde mit ihm. Quirlig, nervös, die Augen ständig in Bewegung, war er zwischen seinen Aluminiumkoffern hin und her gehüpft. Margot bevorzugte eher die pragmatischen, wortkargen Fotografen wie Fred einer war, mit dem sie schon oft für die TRIBÜNE gearbeitet hatte. Fred arbeitete unauffällig, wühlte nie hektisch in seinen Koffern und kam auch zu seinen Fotos, ohne sich im Staub zu wälzen oder an Kronleuchtern zu hängen. Udo dagegen, da war sich Margot innerhalb der ersten Minuten sicher, war ein Kofferwühler und ein Dauerschrauber, Objektiv auf, Objektiv ab, Objektiv auf.

Er wird jedes Gespräch killen und jede Stimmung zerschießen, dachte sie grimmig. Sie hatten inzwischen die Halle durchquert, stiegen ein paar Stufen weiter hoch in die Ebene zwei und liefen auf den kleinen Bücherladen zu, vor dem sie mit Hans Hieronymus verabredet waren.

»Ist er das?«, flüsterte Margot und deutete verstohlen auf einen Mann, der sich die Auslagen betrachtete und den sie deshalb nur von hinten sah.

Der Mann trug einen schwarzen Mantel, über den lässig ein langer weißer Seidenschal hing, den Kopf zierte ein weißer Hut mit breiter Krempe.

»Meine Güte, der läuft ja rum wie ein Schauspieler, der einen Schauspieler spielt.«

Der Mann drehte sich um, entdeckte die beiden und kam mit ausgestreckten Armen und strahlendem Lächeln auf sie zu. Als Margot ihm entgegenlief, hörte sie hinter sich das Schnalzen der Kofferschlösser, dann wieselte Udo an ihr vorbei, zwei Kameras um den Hals, eine davon verschraubte er im Laufen mit einem wuchtigen Objektiv.

Na bitte, dachte Margot, es geht schon los. Gleich wird er sich zwischen mich und Hieronymus quetschen, eine Begrüßung unmöglich machen und den alten Hans mit seinen Spezialwünschen überfallen.

»Herr Hieronymus«, rief Udo, als hätten Margots Gedanken ihm das Stichwort geliefert, »könnten Sie noch einmal die Arme ausbreiten so wie eben, bitte, ja, gut, aber ein bisschen mehr seitlich. Seitlich. So ist es gut, ja. Und jetzt auf meine Kollegin zulaufen.«

»Da will einer deinen Koffer klauen«, raunte Margot Udo ins Ohr. Sie nutzte die Schrecksekunde, in der er tatsächlich die Kamera sinken ließ und zu seiner Ausrüstung eilte, um Hans Hieronymus wenigstens im zweiten Anlauf zu begrüßen.

»Ihr Reporterinnen werdet auch immer attraktiver«, sagte er aufgeräumt, »na, dann wollen wir mal gemeinsam eine schöne Geschichte hinlegen. Ich freue mich schon.«

Er grinste Margot an, wobei eine makellose Reihe perlweißer Zähne zum Vorschein kam. Da hängt ja noch fast das Preisschild dran, dachte Margot und lächelte zurück.

»Sie sehen fantastisch aus«, sagte sie, weil das in einem solchen Fall nie schaden konnte.

Tatsächlich fand sie, dass Hans Hieronymus sich für seine sechzig Jahre gut gehalten hatte. Er war schlank und hoch gewachsen, seine vollen Haare wirkten natürlich braun, und die zwei scharfen Falten, die sich jenseits der Nasenflügel in sein Gesicht eingegraben hatten, gaben ihm eine interessante Kontur.

»Ich schlage vor«, fuhr sie angesichts eines wuselig herannahenden Udo fort, »dass Sie die nächste Viertelstunde meinem Kollegen zur Verfügung stehen und dann mit ihm zusammen in den Konferenzraum nachkommen. Das ist hier gleich um die Ecke durch die Glastüre durch.«

Udo nickte zufrieden, Hieronymus rückte routiniert seinen Hut zurecht und Margot verließ die beiden mit dem sicheren Gefühl, sie für die nächsten fünfzehn Minuten ihrer jeweiligen Lieblingsbeschäftigung zu überlassen.

Das »Hanseatic Conference Center« bestand aus einem langen Flur, von dem viele Türen mit großen und kleinen Konferenzräumen abgingen. Am Anfang des Flures, gleich hinter der großen Glastür, wachte eine Frau in Lufthansauniform hinter einem runden Empfangstisch darüber, dass niemand ohne Befugnis hier hereinkam.

Margot legte ihr die Kursunterlagen vor, die sie per Post erhalten hatte.

»Seminar für entspanntes Fliegen«, sagte die Frau und deutete mit ausgestrecktem Arm den Flur entlang, »das ist die hinterste Tür links.«

Der Raum, den Margot wenig später betrat, war klein und fensterlos, aber von einer Klimaanlage wohl temperiert. In der Mitte waren etwa zehn Stühle im Kreis gestellt, auf jedem Stuhl lag eine Arbeitsmappe. In der Ecke der Tür gegenüber war eine hoch gewachsene, sehr schlanke Frau damit beschäftigt, eine Schultafel aufzustellen.

»Frau Sontner?«

»Ja?«

Die Frau drehte sich überrascht um. Sie trug ein elegantes, lachsfarbenes Sommerkostüm mit einem schwarzen Top darunter. Ihre hellblonden Haare fielen in großen Locken auf die Schultern. Am Auffallendsten aber waren ihre intensivblauen Augen, deren Wirkung sie durch einen blauen Lidstrich noch unterstrich. Sie war jünger, als Margot erwartet hatte, höchstens Anfang dreißig, und attraktiver als alle Diplom-Psychologinnen, die sie bisher getroffen hatte.

»Ich bin Margot Thaler vom JOURNAL. Ich hoffe, die Pressestelle hat Sie von unserer geplanten Reportage unterrichtet. Ich bin die Vorhut, der Rest kommt gleich nach.«

Dörthe Sontner legte ein Stück Kreide auf die Tafel und kam Margot mit ausgestreckter Hand entgegen.

»Ja, ich weiß Bescheid. Dieser Schauspieler, ist das wirklich der Hans Hieronymus? Ich habe ihn in der Serie BERLIN FUNKT S.O.S. gesehen, wo er einen Pfarrer spielt, dem sie die Kirche abbrennen.«

»Das ist er«, bestätigte Margot, die sich in Vorbereitung auf diesen Termin Zusammenschnitte der Fernsehauftritte von Hans Hieronymus besorgt hatte. »Ich hoffe, wir werden den Ablauf hier nicht zu sehr durcheinander bringen. Im Vertrauen, mein Fotograf ist etwas nervig. Vielleicht finden Sie ja einen Trick, ihn zu mäßigen. Psychologisch sozusagen. Ideal wäre nämlich, wenn wir den Kurs genauso mitmachen könnten, wie er immer läuft.«

»Das müssen wir auch hinkriegen«, sagte Dörthe Sontner, »schon wegen der anderen acht Kursteilnehmer.«

Als hätte sie das Stichwort dazu gegeben, kam in diesem Moment ein Mann durch die Tür und ging zögerlich auf die beiden Frauen zu. Ihm folgten in kurzen Abständen die anderen, insgesamt fünf Frauen und drei Männer.

Gudrun kam als Letzte.

»Ich merke schon, du bist im Dienst«, sagte sie, als Margot sie flüchtig umarmte, gleichzeitig aber aufmerksam die Szene im Auge behielt.

»Hat sich so ergeben«, sagte Margot, »du bist doch nicht sauer, oder?«

Gudrun knuffte sie lachend in die Seite. »Quatsch. Du bist sowieso am erträglichsten, wenn du beschäftigt bist. Und jetzt geh endlich an die Arbeit!«

Dörthe Sontner war inzwischen damit beschäftigt, jeden einzelnen Seminarteilnehmer zu begrüßen, Arbeitsmappen auszuhändigen und Fragen zu beantworten.

Margot ging wieder hinaus auf den Flur, wo sie Udo und Hieronymus in Empfang nahm. Dort warteten sie, bis alle anderen im Konferenzraum Platz genommen hatten, dann erst gingen sie hinein, stellten sich vor und integrierten sich in den Kreis. Selbst Udo, dem Margot ein energisches »Jetzt erst mal nicht!« zuzischte. Das »Seminar für entspanntes Fliegen« nahm seinen Anfang.

14

Zwei Kaffeepausen und drei Stunden später zeigten alle Beteiligten erste Ermüdungserscheinungen.

»Dass man hier kein Fenster öffnen kann, das stört mich«, maulte die Frau neben Margot. Dörthe Sontner nickte verständnisvoll.

»Ja, das ist ein wenig unangenehm. Aber wir gehen ohnehin gleich zum Mittagessen.« Die Ersten in der Runde standen auf und streckten die Beine.

Jeder wusste inzwischen von jedem, was ihn zur Teilnahme an diesem Seminar getrieben hatte. Da war der Mann, der beruflich viel ins Ausland fliegen musste und sich vor jedem Flug schlaflos im Bett wälzte. Oder die Frau, die endlich ihre Tochter und Enkelkinder in Canada besuchen wollte, das aber vor lauter Angst bisher nicht geschafft hatte. Oder der Spanienfan, den es allmählich ermüdete, Tausende von Kilometern mit dem Auto zu fahren, um in sein Ferienhaus nach Andalusien zu gelangen. Es gab die Frau, die es nicht der Sekretärin überlassen wollte, ihren Mann zu Auslandsreisen zu begleiten und es gab Hans Hieronymus, dem alle gebannt zugehört hatten, als er schilderte, wie er seine bloßliegenden Nerven bei jedem Flug – »erst vergangene Woche nach Kenia, wo wir fürs ZDF gedreht haben« – mannhaft mit zwei doppelten Whiskey niederknüppelte.

Dem daran anschließenden Vortrag der Psychologin über die Frage, was eigentlich Angst auslöst, hatte Margot kaum zugehört. Denn erstens fand sie es ohnehin logisch, dass jeder, der keine Flügel hat, Angst empfindet, sobald er die Bodenhaftung verliert, und zweitens dachte sie darüber nach, bei welcher Gelegenheit sie Dörthe Sontner nach Märthe und Mareike Sontner fragen konnte. Sie hatte beschlossen, das gemeinsame Mittagessen zu einer Annäherung zu nutzen.

»Meine Liebe!«

Hans Hieronymus kam mit ausgebreiteten Armen auf sie zu. Eine seiner Lieblingsgesten offenbar, dachte Margot und hielt sich ihre Tasche vor den Bauch für den Fall, dass auch das Umarmen zwanzig Jahre jüngerer Reporterinnen zu seinen Lieblinggesten gehörte.

»Meine Liebe!«, wiederholte er und ließ die Arme sinken, »während des Mittagessens müssen Sie mich entschuldigen. Ich habe die Gunst der Stunde genutzt und mich mit einem alten Freund in der VIP-Lounge verabredet. Er ist auf dem Weg in die Staaten und wir haben noch einiges zu besprechen. Sie verstehen?«

»Aber sicher.«

Aus den Augenwinkeln sah Margot Udo auf den Flur verschwinden, Zigaretten und Feuerzeug schon einsatzbereit in der Hand.

»Allerdings brauchen wir Sie nach dem Essen gleich wieder, Herr Hieronymus. Sie wissen ja, wir treffen dann draußen auf dem Rollfeld einen Piloten, der uns eine Boeing erklärt, von innen und von außen. Udo wird es sich nicht nehmen lassen, sich von Tragfläche zu Tragfläche zu schwingen, um jede Ihrer Regungen einzufangen.«

»Natürlich«, sagte Hieronymus und legte sich seinen langen Seidenschal um. »Natürlich bin ich pünktlich zur Stelle. Keine Sorge, mein liebes Kind.«

Er tätschelte wohlwollend Margots Hand, sah sich lächelnd nach allen Seiten um und ging.

»Wie der Papst, nachdem er die Messe im Petersdom gelesen hat«, sagte Margot spitz zu Dörthe Sontner, die ihr einen fragenden Blick zuwarf.

»Ich finde ihn ganz umgänglich«, sagte sie, »kommt er nachher wieder?«

»Klar«, antwortete Margot, »es sind doch noch unbelichtete Filme da.«

»Mögen Sie ihn nicht?«

»Ich mag es nur nicht, wenn er mich liebes Kind nennt. Aber er ist schon eine interessante Persönlichkeit. Wie fast alle Künstler.«

Margot stockte und sah Dörthe Sontner in die Augen. »Da fällt mir ein, dass ich Sie etwas fragen wollte.«

»Ja?«, sagte Dörthe mit der für ihren Berufsstand typischen sanften Stimme und legte den Kopf ein wenig schief. Offenbar erwartete sie, mit einem speziellen psychologischen Problem konfrontiert zu werden.

»Nein, nicht so was«, sagte Margot prompt, »entspannen Sie sich, Sie haben doch Pause. Ich wollte eine reine Neugierfrage loswerden. Sind Sie verwandt mit Märthe und Mareike Sontner?«

»Sie kennen meine Mutter und meine Schwester?« Dörthes Stimme hatte für einen Moment den professionellen Samtüberzug verloren.

»Woher?«, das klang schon wieder etwas gefasster.

Margot, die zuvor überlegt hatte, ihr etwas von einer geplanten Reportage über Hobbymaler vorzugaukeln, verwarf all ihre angedachten Winkelzüge und entschloss sich spontan zur Wahrheit.

»Lassen Sie uns beim Mittagessen darüber sprechen«, schlug sie vor, und schon wenig später saßen die beiden im Flughafenrestaurant an einem separaten Zweiertisch, vor sich ihre Tabletts mit Reisauflauf, Salat und Apfelsaft.

Margot erzählte von dem Mord an Zacharias Zell-Bausig und wie sie an dessen Computerauszüge und somit an die Namen Märthe und Mareike Sontner geraten war.

»Da standen noch ungefähr siebzig andere Namen auf den Listen, aber als ich den Namen Sontner dann auch noch auf dem Programm zu diesem Seminar hier las, da dachte ich, damit fängst du an, das ist doch wie ein Fingerzeig. Verrückt, nicht?«

Sie piekste ein Stück Tomate aus dem Salat, schob es sich in den Mund und beobachtete Dörthe, die ihr Essen bislang kaum angerührt hatte. Mit geradem Rücken saß sie ihr gegenüber und hörte ernst und aufmerksam zu.

»Wenn ich Sie richtig verstehe«, sagte sie, nachdem Margot geendet hatte, »wollen Sie von meiner Mutter und meiner Schwester mehr über Zell-Bausig und seine Lebensumstände erfahren.«

Sie schichtete mit einem Löffel den Reis auf ihrem Teller um und bohrte in die Mitte einen Krater. »Wozu? Wollen Sie darüber schreiben?«

Margot zuckte mit den Schultern und durchstöberte ihren Salat nach einer weiteren Tomate.

»Das ist völlig offen«, antwortete sie vage, »ich weiß noch nicht genug.«

Dörthe Sontner schob wortlos ihr Tablett zur Seite und sah sich nach ihren acht Schützlingen um, die um zwei zusammengeschobene Tische herumsaßen und alle schon beim Kaffee angekommen waren.

»In fünf Minuten brechen wir auf«, rief sie der Gruppe zu, bevor sie sich wieder Margot zuwandte. »Wir können unser Gespräch morgen während des Probefluges nach Frankfurt fortsetzen. Nur eins erklären Sie mir bitte noch: warum haben Sie den Umweg über mich gewählt, um an meine Mutter und meine Schwester heranzukommen?«

»Heranzukommen!«, rief Margot entsetzt. »Das klingt ja, als wollte ich die beiden ausrauben. Ich will ein paar Fragen stellen, das ist alles. Warum ich Sie um Vermittlung bitte? Na, erstens habe ich einfach die Möglichkeit genutzt, die der Zufall mir geboten hat. Zweitens stehen weder Märthe noch Mareike im Telefonbuch. Drittens …«

»Richtig, das hatte ich nicht bedacht«, unterbrach Dörthe, »meine Mutter hat eine Geheimnummer und Mareike wohnt in Stade. Was war drittens?«

»Drittens habe ich wirklich Angst vorm Fliegen.«

15

Der klare, blaue Himmel über Hamburg war am nächsten Vormittag Gegenstand ausgiebiger Gespräche zwischen den Teilnehmern des Seminars, von denen fünf anstandslos zugaben, die Nacht zuvor schlecht geschlafen zu haben. Da war es schon ein Trost, dass das Wetter gut war und somit die Mutprobe in Form eines Linienfluges nach Frankfurt am Main und zurück nach Hamburg nicht bei Regen und Sturm stattfinden würde. Drei Stunden hatten sie noch Zeit, um sich zu rüsten.

»Erinnern Sie sich an das, was der Kapitän gestern über Flugsicherheit, Flugablauf und Fluggeräusche erzählt hat«, beschwor Dörthe Sontner die Gruppe und hob besänftigend die Hände.

Margot versuchte sich ins Gedächtnis zu rufen, was der Pilot zu der Startphase gesagt hatte. Sie erinnerte sich nur, dass von den gefährlichen Seitenwinden die Rede war, die aber ständig gemessen würden und sowieso kein Problem seien für Flughäfen, denen Startbahnen nach allen vier Himmelsrichtungen zur Verfügung stünden.

»Da startet man eben jeweils da, wo der Wind nicht stört«, hatte der Pilot gesagt. Auch Gewitter, hatte er versichert, könnten einem Flugzeug nichts anhaben, wenn es nicht gerade im Zentrum des Unwetters sei, was ja schließlich das Radar verhindere, weshalb, wenn Margot das richtig verstanden hatte, es bei Gewitter fast keinen sichereren Platz gab als in einem Flugzeug.

Ihre Rückbesinnung wurde unterbrochen, weil Dörthe Sontner jetzt alle aufforderte, negative Gedanken in positive zu wandeln.

»Denken Sie nicht: den Flug nachher, den schaffe ich nicht. Denken Sie lieber: ich habe schon schlimmere Situationen gemeistert. Und jetzt entspannen wir noch einmal unsere Muskulatur. Wir beginnen mit den Händen und Armen. An-spannen, halten, halten, halten und ent-spannen.«

Margot schielte zu Hans Hieronymus hinüber, der ihr schräg gegenüber saß und mit genussvoll geschlossenen Augen mitwirkte, während Udo sich angesichts der plötzlich einsetzenden Ruhe erschrocken zu seinen Koffern zurückzog.

Nach einer Stunde waren sämtliche einem menschlichen Körper angehörenden Muskeln entspannt einschließlich der Gesichtsmuskeln und die fünf Ängstlichsten übten auch noch einmal sicherheitshalber die tiefe Brustatmung.

Dann wurde es bedrohlich, denn Dörthe Sontner hielt die Flugtickets hoch. »Oh Gott«, stöhnte die Frau, die neben Margot saß und sich gestern über die fehlenden Fenster beschwert hatte, »ich schaff das nicht.«

»Sie haben schon schlimmere Situationen gemeistert«, sagte Margot beruhigend, aber die zitternden Hände der armen Frau ließen auch bei ihr Zweifel aufkommen.

»Jeder nimmt jetzt sein Ticket entgegen und checkt ein. Wir starten um dreizehn Uhr fünfundvierzig und sind um kurz vor drei in Frankfurt. Dort nehmen wir in der Business-Lounge eine Erfrischung zu uns und treten um viertel vor vier den Rückflug an. Sie sind ganz normale Fluggäste bei einem ganz normalen Linienflug. Also, los geht's«, sagte Dörthe Sontner.

Sie winkte Margot heran und verließ mit ihr zusammen als Erste den Konferenzraum. »Ich habe dafür gesorgt, dass wir im Flieger nebeneinander sitzen«, flüsterte sie ihr zu, »so können wir in Ruhe unser Gespräch fortsetzen.«

Der Flug LH 041 nach Frankfurt am Main wurde um halb zwei aufgerufen, und die Passagiere betraten, ihre Bordkarten in der Hand, am Ende der überdachten Gangway die Maschine, deren Düsen bereits dröhnten. Margot schnallte sich neben Dörthe an und winkte Gudrun zu, die mit Hans Hieronymus zusammen an Bord kam und souverän über die neugierigen Blicke der Passagiere hinwegsah. Udo hüpfte im Rückwärtsgang vor den beiden her, bis sie ihre Plätze zwei Reihen vor Margot einnahmen. Sie beobachtete, wie Hieronymus unaufhörlich auf Gudrun einredete.

Dörthe war Margots Blick gefolgt. »Er macht ihr Mut und redet damit seine eigene Angst weg«, sagte sie zufrieden, »das ist doch besser als die üblichen zwei Whisky.«

Mittlerweile hatten die Kursteilnehmer zwischen den übrigen Passagieren Platz genommen, einige praktizierten möglichst unauffällig das An- und Entspannen, wie sie es gelernt hatten. Nur die Frau mit den zitternden Händen war mit hochrotem Kopf in ihrem Sessel zusammengesunken, die Hände krampfhaft ineinandergeschlungen wie zum letzten Gebet.

Margot selbst verließ sich darauf, dass der Pilot die der Windrichtung angemessene Startbahn wählen würde. Und so kam es, dass sie entspannt und ohne Angst schon während des Steilflugs mit Dörthe in ein Gespräch über Märthe und Mareike Sontner vertieft war.

Als der Pilot eine Stunde später zur Landung in Frankfurt ansetzte, hatte Margot sich bereits folgende Einzelheiten notiert:

1. Märthe, 55, Mutter von Dörthe und Mareike, hatte schon etliche

Jahre gemalt, vornehmlich mit Kreide und Öl, und hatte auch erste Erfolge in kleineren Ausstellungen, als sie sich entschloss, ihre Technik bei Zacharias Zell-Bausig zu verfeinern.

2. Sie meldete sich zu einem Halbjahreskurs an und begann damit im Januar 95. Einen Monat früher als geplant, nämlich im Mai, hörte sie plötzlich auf. Den Töchtern erklärte sie, das Malen mache ihr keinen Spaß mehr.

3. Märthe wurde krank. Sie litt unter Unruhe, Schlaflosigkeit, Depressionen. Sie selbst behauptete, das seien die Wechseljahre. Sie zog sich zurück, drei Jahre lang rührte sie keinen Pinsel mehr an.

4. Vor einem halben Jahr wandelte sich das Bild. Märthe begann, ins Umland zu fahren mit ihren gesamten Utensilien samt Staffelei. Seither malt sie wieder, auch zu Hause. Sie ist wieder aktiver, auch wenn sie nach wie vor von depressiven Verstimmungen heimgesucht wird.

(Frage: hat Zell-Bausig auch andere Schüler vergrault und ihnen das Malen vermiest?)

5. Dass auch Mareike bei Z.B. Malunterricht genommen hat, ist Dörthe völlig neu, sie kann sich das nicht erklären.

(Frage: wie kam Mareike zwei Jahre nach ihrer Mutter zu Z.B. und warum gerade bei ihm? Welche Erfahrungen hat sie gemacht?)

Die Maschine setzte auf der Landebahn auf und Margot steckte den Notizblock in ihre Tasche zurück. Ich wusste es doch, dieser Zell-Bausig war ein Ekel, dachte sie, wahrscheinlich hatten neunundsiebzig seiner achtzig Schüler eine Wut auf ihn. Sie selbst war ja auch innerhalb von Sekunden maßlos zornig auf ihn geworden, als er in Ingolstadt mit diesem Schlüssel warf.

»Ein seltsamer Mensch muss das gewesen sein«, murmelte sie noch immer ganz in Gedanken.

»Nun denken Sie mal an was anderes«, mahnte Dörthe Sontner neben ihr, »ich verspreche Ihnen, ich werde meine Mutter fragen, ob Sie bei ihr vorbeikommen können und dann sage ich Ihnen Bescheid. Aber jetzt will ich nicht mehr darüber sprechen. Oh, das sieht nicht gut aus.«

Sie hatte die Frau mit den zitternden Händen entdeckt, die mit tränenverquollenem Gesicht im Mittelgang an anderen Passagieren vorbeidrängelte. Dörthe Sontner stand eilig auf und schaffte es, sich bis zu ihr vorzuarbeiten. Margot sah, wie sie die Frau in den Arm nahm, auf sie einsprach und sie dabei sachte vorwärtsschob bis zum Ausgang.

Beim Rückflug nach Hamburg war sie dann nicht mehr dabei. »Nie wieder«, hatte sie sich geschworen und war mit dem Intercity nach Hause gefahren.

»Einer von zehn schafft es nicht, das ist unsere Erfahrung«, erklärte Dörthe Sontner später am Nachmittag den glücklich Zurückgekehrten, die bei einer letzten Runde Kaffee in der Lufthansalounge zusammensaßen.

Margot hatte ihre Arbeit getan und sah sich nach Udo um, der in der Hocke neben seinen Koffern saß und gerade die Schlösser zuklicken ließ. Hans Hieronymus, schon in Hut, Mantel und Schal, kam auf sie zu. »Nun schreiben Sie mal schön, mein liebes Kind«, sagte er aufgeräumt, »genug Stoff haben Sie ja wohl zusammengetragen. Ich werde jetzt nicht mehr gebraucht, nehme ich an.« Er bückte sich nach einer wuchtigen Tennistasche, die jedem Profispieler alle Ehre gemacht hätte.

Margot hatte sie zuvor nicht bemerkt. »Gehen Sie noch Tennisspielen?«

»Tennisspielen?« Hieronymus schien einen Moment verwirrt. Dann grinste er breit und deutete auf die Tasche. »Ach so, deswegen. Im Vertrauen, da ist gar kein Tenniszeugs drin, nur Bücher. Mein Freund, mit dem ich mich gestern hier getroffen habe, hat mir die Tasche samt Inhalt mitgegeben, weil er viel zu viel Übergewicht hatte.« Er schüttelte milde missbilligend den Kopf. »Ein verrückter Kerl, will eine Tennistasche voller Bücher nach Übersee mitschleppen.«

Margot starrte nach unten und versuchte, einen Gedanken festzuhalten, der den Bruchteil einer Sekunde aus ihrem Unterbewusstsein aufgeblitzt war. Er hatte zu tun mit etwas, was Hieronymus gesagt hatte. Aber noch ehe sie beides miteinander verknüpfen konnte, war der Gedanke erloschen wie eine Sternschnuppe.

»Ja«, sagte sie etwas zerstreut zu Hieronymus, »dann wünsche ich Ihnen noch einen schönen Abend. Und danke, dass Sie so toll mitgemacht haben.«

Sie winkte Udo, rief ihm ein rasches »Ich ruf dich morgen an« zu und lief los zu ihrem Auto. Es war schon später Nachmittag und sie hatte noch etwas Dringendes zu erledigen.

16

Das Ölgemälde steckte in einem breiten, dunklen Holzrahmen und wirkte so opulent, als sei es für eine Ahnengalerie gemalt worden. Es zeigte eine sitzende Frau mit langen, braunen Haaren, deren melancholischer Blick an dem Betrachter vorbei weit weg zu gehen schien. Sie trug ein grünes, weich fallendes Kleid, um den Hals war lose ein zartbraunes Tuch geschlungen. Zu Füßen der Frau kauerte ein etwa sechsjähriges Kind, das zu der Frau hochsah und sich vertrauensvoll an ihr Knie schmiegte. Es sah aus, als wollte das Kind die Frau aus ihren Träumen zurückholen. In der rechten unteren Ecke hatte der Maler das Bild signiert.

Margot trat einen Schritt näher und beugte sich hinunter, um den Schriftzug entziffern zu können.

»Emes«, las sie und richtete sich wieder auf. »Wer ist das?«

Die Frage galt Karla Zell, die das Gemälde jetzt vorsichtig wieder gegen die Wand lehnte.

»Das weiß ich nicht.« Sie schüttelte bekümmert den Kopf. »Ich weiß aber, dass Zacharias es zur Dokumentation für seine Schüler benutzt hat, als schlechtes Beispiel. Deshalb hatte er es hier in seinem Atelier aufbewahrt. Und hier ist das gute Beispiel, das ist von ihm.«

Sie ging die Wand entlang bis zur Ecke, wo weitere Bilder in verstaubten Rahmen gegen die Wand lehnten, zog das hinterste heraus und schleifte es neben das erste.

»Na, das ist doch«, rief Margot erstaunt, ohne den Satz zu vollenden. Sie lief zu der Glasflügeltür und schob den schweren Vorhang noch ein Stück weiter zurück. Das Nachmittagslicht reichte gerade noch aus, um den Raum ausreichend zu erhellen. »Können wir das Bild näher ranholen?«

Gemeinsam mit Karla Zell trug sie es zum Fenster und hielt es gegen das Licht. »Das sind doch die gleichen Personen wie auf dem anderen Bild. Mutter und Kind, nehme ich an. Aber sie unterscheiden sich trotzdem wie Feuer und Wasser. Das ist ja nicht zu fassen.«

Margots Augen gingen überrascht immer wieder zwischen beiden Gemälden hin und her. Während das erste wie eingetaucht wirkte in warme, dunkle Farben, hatte Zacharias Zell-Bausig fast nur stählernes Grau, kräftiges Gelb und ein schrilles Grün verwendet. Das Verblüffendste aber waren die Personen. Die Mutter saß aggressiv wie auf dem Sprung, mit kalten Augen und Händen, die sich wie Greifer in die Sessellehnen bohrten. Das Kind wirkte so erstarrt, als sei es auf seinem Hocker festgenagelt worden. Seine Arme hingen nach unten, daran Hände wie ein Klumpen Lehm.

»Hände waren nicht so sein Ding«, sagte Margot respektlos. Sie empfand das Bild als ekelhaft, genauso wie seinen Maler. Sie nahm es mit beiden Händen hoch, schleppte es zurück und lehnte es mit der Vorderseite gegen die Wand. »Ihr Bruder hat also in seinen Kursen das Bild von Emes als ein schlechtes Beispiel vorgeführt und sein eigenes als das gelungene Exemplar. Habe ich Sie da richtig verstanden?«, fragte Margot, während sie sich den Staub von den Händen klopfte.

Karla Zell nickte. »Ja, so hat er es mir jedenfalls erzählt, als ich mal hier bei ihm im Atelier war, um wenigstens den gröbsten Dreck wegzufegen. Richtig wütend war er auf dieses andere Bild. Plakatives, kitschiges Geschmiere sei das, so jemand dürfe nicht malen.«

»War dieser Emes ein Schüler von ihm, oder wie kam es, dass beide das gleiche Modell portraitiert haben?«

»Keine Ahnung. Vielleicht kannte er ihn ja auch schon von der Akademie oder er hat ihn bei irgendeiner Ausstellung getroffen.«

»Na, jedenfalls wird es Emes kaum gefreut haben, wie Ihr Bruder mit seinem Werk umgegangen ist. Klingt irgendwie holländisch der Name, finden sie nicht?«

»Möglich.« Karla Zell ging zum Fenster und zog die Gardinen wieder vor.

»Jedenfalls hat die Frau mit dem Baby, von der Sie mir erzählt haben, bestimmt nichts mit der Frau und dem Kind hier auf den Gemälden zu tun«, sagte sie energisch. »Mein Bruder hat Frauen misstraut und Kinder haben ihn nervös gemacht. Er hat sie gemieden, so gut es nur ging.«

Noch ehe Margot etwas erwidern konnte, hämmerte jemand von außen derart laut gegen die Glastür, dass die beiden Frauen sich erschrocken ansahen. »Wer kann das denn sein?«, flüsterte Karla Zell.

»Werden wir gleich wissen«, flüsterte Margot zurück. »Was ist?«, rief sie und trat dicht hinter den Vorhang.

»Ich will die Bilder holen«, antwortete eine Männerstimme.

Margot zog mit einem kräftigen Schwung die Gardinen weg und sah sich durch die Scheibe einem stämmigen Mann in Ledermontur gegenüber. Hinter ihm stand ein Motorrad mit Beiwagen.

»Welche Bilder?«, rief sie.

»Na, die da drin. War doch so verabredet«, brüllte der Mann zurück. »Mit wem und wann?«

Der Mann griff sich an den Kopf. »Mensch, mit dem Zell irgendwas, vor gut zwei Wochen. Ist er nicht da?«

Margot drehte sich zu Karla Zell um. »Der weiß offenbar nicht, dass Ihr Bruder tot ist. Ich glaube, sie sollten mit ihm sprechen.«

Karla schob schweigend den Sicherheitsriegel hoch und öffnete dem Fremden die Tür. »Nein, er ist nicht da«, antwortete sie sachlich, »mein Bruder wurde vor dreizehn Tagen ermordet.«

»Ach du Scheiße«, stöhnte der Mann, »wieso gerate immer ich in so einen Mist. Hier, den Kaufvertrag haben wir am 1. Mai gemacht.«

Er zog ein verknittertes Papier aus der Innentasche seiner Kluft und gab es Karla Zell, die es sorgfältig las und mit hochgezogenen Augenbrauen an Margot weitergab.

Auf dem handgeschriebenen Wisch, der in der äußeren Form eher einem Einkaufszettel als einem Vertrag glich, hatte Zacharias Zell-Bausig Herrn Winfried Klemperer zugesichert, ihm elf Gemälde aus seinem Privatbesitz zu einem Pauschalpreis von dreitausend Mark zu überlassen.

»Preiswert«, sagte Margot und sah zu dem Mann hoch.

»Sind ja auch nicht gerade Picassos«, antwortete er und sah sich im Atelier um. »Das einzig gescheite Bild, das wollte der Zell selbst behalten.«

Er ging zur Wand wie jemand, der genau weiß, was er sucht und drehte das Portrait der Frau in Grün um, das die Signatur Emes trug. »Dafür hätte ich ihm sogar zweihundert extra gegeben. Aber er wollte partout nicht. Ist nicht verkäuflich, hat er gesagt. Was ist jetzt, kann ich die anderen mitnehmen? Gegen cash natürlich.«

Er ließ den Emes los, wühlte wieder in seinen Taschen und wedelte mit ein paar Geldscheinen.

»Ich könnte das Geld gut brauchen«, sagte Karla Zell nach kurzem Zögern.

»Die Frage ist nur, ob Sie die Bilder hergeben dürfen, solange die Polizei noch ermittelt«, antwortete Margot. »Ich schlage vor, Sie fragen erst einmal nach, am besten rufen Sie gleich morgen Kommissar Zazek an.« Was ich auch endlich mal wieder tun sollte, dachte sie bei sich.

Auch wenn sie Bernd Zazek versprochen hatte, ihre Nase nicht in diesen Mordfall zu stecken – woran sie sich immerhin fast hielt, von minimalen, zwingenden Ausnahmen abgesehen –, so würde er doch hoffentlich für ein paar klitzekleine Fragen einer amtlich bestätigten Zeugin Verständnis haben. Margot nahm sich vor, so bald wie möglich ein außerordentliches Treffen mit Zazek in ihrer Stammkneipe in Winterhude einzuberufen, denn die Erfahrung hatte sie gelehrt, dass er bei einem guten Essen viel leichter von der Richtigkeit ihrer Argumente zu überzeugen war.

Karla Zell und Klemperer hatten sich inzwischen in die Frage vertieft, wie viel wohl die Staffelei einbrächte, auf der Zell-Bausig seine verkannten Werke gemalt hatte. Über dem Feilschen schienen sie Margot vergessen zu haben.

»Dreißig, fünfunddreißig«, hörte sie Klemperer sagen, aber da war sie schon halb draußen, sodass sie von Karlas Antwort nur noch ein entrüstetes »Das kann doch nicht angehen« mitbekam.

Der Fahrtwind strich Margot ins Gesicht, als sie bei offenem Fenster gemächlich vom Barmbeker Süden über Uhlenhorst nach Eppendorf fuhr, sich dort einen kleinen Abstecher an der Alter entlang gönnte, bevor sie in die Hallerstraße einbog, in der sie wohnte. Sie überlegte kurz, ob sie für ein kleines Abendessen zu dem Italiener auf der Rothenbaumchausse hinüberlaufen sollte, dessen Minestrone unschlagbar war. Dann aber stieg sie doch die Stufen zu ihrer Wohnung hoch. Es war erst sieben Uhr, zum Essen blieb auch später noch Zeit. Ihre Bluse war zerknittert, ihre Jeans zierte, mitten auf dem Oberschenkel, ein Rotweinfleck, der von dem Frankfurtflug am Mittag herrührte.

Wenig später war das Badezimmer bis unter die Decke angefüllt mit Wasserdampf, bevor Margot endlich den Hahn zudrehte und sich in ihren gelben Frotteemantel einwickelte. Unter der Dusche hatte sie ihre Gedanken sortiert und den Plan für die nächsten drei Tage aufgestellt. Morgen würde sie den ganzen Tag an dem Artikel über Hans Hieronymus und seine besiegte Flugangst sitzen. Am Dienstag würde sie den Vormittag brauchen, um in der Redaktion die Fotos zu sichten, die Unterzeilen zu schreiben und Jens Schiller zu besänftigen, denn natürlich würde sie zwölf Blatt und nicht nur neun schreiben. Für den Dienstagnachmittag hatte sie endlich mal wieder eine Reitstunde im Bondenwald ausgemacht und am Abend musste sie früh schlafen gehen.

Margot stöhnte und lief zu ihrem Schreibtisch, wo das Flugticket nach München bereitlag. Die Maschine ging am Mittwochmorgen schon um zehn vor sieben, was bedeutete, dass sie um fünf Uhr aufstehen musste. Margot fragte sich, ob es überhaupt möglich war, um diese Zeit einen Wecker akustisch wahrzunehmen. Aber es musste sein, denn am Mittwoch wurde Ollo um elf Uhr in Ingolstadt beerdigt.

Ein letztes Mal Ingolstadt, diesmal ohne Dr. Richard Reindl, dachte Margot und schob das Ticket in ihr Terminbuch. Ganz bestimmt ohne Richard Reindl, wieso fiel der ihr überhaupt jetzt ein mit seinen verschmitzten braunen Augen und seinem weich rollenden bayrischen Tonfall. Und seiner Christa. Kein Richard Reindl also. Zur Bekräftigung zerriss Margot den Zettel, auf dem sie Reindls Rückrufnummer notiert hatte und der immer noch neben dem Anrufbeantworter lag. Sie ließ die Schnipsel in den Papierkorb unter dem Schreibtisch rieseln und ging zufrieden mit sich ins Bad, um sich für das Abendessen beim Italiener zurechtzumachen.

17

Die Trauerweide, unter der Ollo seine letzte Ruhe fand, war etwas kleiner als die, die Margot an ihrem ersten Tag in Ingolstadt vom Zimmer der »Pension am Ring« aus gesehen hatte.

Es war eine einsame Beerdigung. Ollo hatte alle seine Lieben überlebt, Kinder hatte er keine und der letzte Freund, der ihm geblieben war, lebte in Oberbayern in einem Pflegeheim.

So stand Margot alleine vor dem frisch aufgeschütteten Grab, auf dem als einziger Schmuck ein Gebinde aus Tannenzweigen und duftendem, vollerblühtem weißen Flieder lag. An das Kopfende hatten die zwei Friedhofsbediensteten, die Ollos Sarg in die Grube gesenkt hatten, ein Holzkreuz mit seinem Namen gesteckt, dann hatten sie ihre Schultergurte eingesammelt und waren gegangen.

In der Friedhofsstille zwischen all den Gräbern hatte Margot eine lange Reise in die Vergangenheit unternommen. Jetzt fühlte sie sich ruhig und gefasst. Sie bückte sich, nahm zwei kleine Kieselsteine auf und legte sie auf das Holzkreuz. Sie kannte diese Sitte von jüdischen Friedhöfen, wo jeder, der ein Grab besucht, einen Stein zurücklässt. Als Zeichen dafür, dass der Tote nicht vergessen ist, dass er besucht wird.

»Du wirst auch nicht vergessen, Ollo«, flüsterte sie, »und wenn ich dich das nächste Mal besuche, gibt es wieder einen Stein.«

Margot schrak zusammen, als die Glocke der Kapelle zu läuten begann. Die nächste Beerdigung, dachte sie, sah aber nur einen Mann, der an der Kapelle vorbei den Weg in ihre Richtung einschlug. Sie starrte ihm entgegen und hoffte, dass nicht überschüssige Fantasie ihre Sinne trogen. Tatsächlich wünschte sie sich in diesem Moment inständig, dass es Richard Reindl sein möge, der da auf sie zukam. Sie verharrte unbeweglich, bis er vor ihr stand und sie einfach, ohne ein Wort zu sagen, in die Arme nahm. Plötzlich kamen ihr die Tränen. Sie drückte ihr Gesicht in den Stoff seines Jacketts und fühlte sich geborgen wie unter einer großen flauschigen Decke, die eine liebevolle Hand über sie gebreitet hatte. Das werde ich ihm nie vergessen, dachte Margot, niemals. Sie hob den Kopf und wischte sich mit dem Handrücken über ihr nasses Gesicht.

»Danke, dass Sie da sind. Auch in Ollos Namen. Woher wussten Sie eigentlich, wann die Beerdigung ist?«

»Ich habe mich erkundigt. Ich wusste doch, dass Sie sonst ganz alleine sein würden. Leider bin ich zu spät gekommen.«

»Nein, das sind Sie nicht, jedenfalls nicht für mich«, sagte Margot und nahm seinen Arm. »Lassen Sie uns gehen und irgendwo einen Kaffee trinken. Oder müssen Sie in die Klinik?«

»Eine Stunde habe ich schon noch Zeit. Kommen Sie, mein Auto steht gleich am Eingang.«

Reindl führte Margot in dasselbe Lokal, in dem sie sich sechzehn Tage zuvor getroffen und gleich gestritten hatten. »Gehen wir nach hinten durch«, schlug er vor, »ist ja quasi unser Stammplatz.«

In dem Lokal saßen an diesem frühen Mittag nur wenige Leute, überwiegend Frauen mit Einkaufstaschen und Schüler, die ihre Rucksäcke achtlos auf den Fußboden geworfen hatten und ihr Geld abzählten, bevor sie bestellten.

»Ich mache nachher noch einen Abstecher in die Kupferstraße zu Zernacher«, sagte Margot und wich der Kellnerin aus, die zwei Schalen dampfenden Milchkaffee gefährlich nahe an ihrem Kopf vorbei auf den Tisch stellte, gefolgt von einem Teller frischer Hörnchen. »Da, wo Sie Ihrer Zukünftigen immer den Rosenquarzschmuck kaufen.«

Reindl, der gerade herzhaft in ein Hörnchen gebissen hatte, tat sich sichtbar schwer mit der Antwort. »So ein Quatsch«, nuschelte er, wobei das letzte Wort sich anhörte wie »Waws«.

Margot musste lachen. »Was immer Sie loswerden wollten, es hat nicht geklappt, versuchen Sie es nochmal.«

Er spülte mit einem kräftigen Schluck Kaffee nach, sah sie aber ernst an. »Von Heirat war zwischen Christa und mir nie die Rede. Und in der Kupferstraße habe ich lediglich diese Ohrringe gekauft, zu Christas Geburtstag. Gehen Sie heute Abend mit mir essen?«

Margot sah erstaunt hoch, diese Einladung war etwas unvermittelt gekommen. Aber die Antwort stand ohnehin fest, da musste sie nicht lange überlegen. »Nein, ich fliege schon heute Abend von München nach Hamburg zurück.«

Sie sah die Enttäuschung in Reindls Augen. »Ich konnte nicht wissen, dass ich Sie noch einmal treffen würde«, fügte sie deshalb hinzu.

»Vielleicht sind Sie irgendwann in Hamburg, da holen wir das dann nach.«

»Irgendwann, irgendwann.« Reindl pfefferte den Rest des Hörnchen auf den Teller zurück. »Das reicht mir nicht.«

Mir eigentlich auch nicht, dachte Margot und wünschte sich, er würde sie auf der Stelle noch einmal in den Arm nehmen so wie vorhin an Ollos Grab. Stattdessen fing er an, eindringlich auf sie einzureden.

»Erstens lassen wir das blöde Siezen weg. Zweitens überlegen wir, wie wir in Kontakt bleiben können und drittens verabreden wir jetzt sofort, wann und wo wir uns wieder sehen.«

»Sofort Sir, jawohl Sir«, sagte Margot und ließ den Löffel fallen, mit dem sie seit Minuten ihren Kaffee umrührte, was insofern sinnlos war, als sie ihn ohnehin schwarz trank. »Ich nehme an, das ist genau der Tonfall, in dem du im OP Skalpell, Messer, Schere und Faden verlangst. Du fragst mich nicht, du ordnest an. Erstens, zweitens, drittens. Frag mich erst mal, ob ich überhaupt Lust habe, dich wieder zu sehen.«

»Und, hast du?«, fragte Reindl ruhig.

»Ja, theoretisch schon.«

Die Frage, wie ein solcher Wunsch über die Entfernung von siebenhundert Kilometern in die Praxis umzusetzen sei, konnten weder Margot noch Reindl im Verlauf des weiteren Gesprächs klären. Am Ende waren sie so ratlos wie am Anfang.

»Vielleicht sollten wir ein paar Tage miteinander verreisen, um zu sehen, ob wir überhaupt klar kommen«, schlug Margot vor, während sie Reindl zu seinem Auto begleitete. »Dann können wir uns immer noch wegen der Entfernung Gedanken machen. Ich könnte mich im Juni oder Juli für eine Woche freischaufeln.«

»Das ist schwierig für mich«, antwortete Reindl und sah verlegen zu Boden. »Das verstehst du doch sicher. Wegen Christa. Ich müsste ihr das doch irgendwie erklären, wenn ich plötzlich alleine wegfahre.«

»Natürlich.« Margot blieb mitten auf der Fußgängerzone stehen und sah Reindl aufgebracht an. »Natürlich musst du mit ihr sprechen, das habe ich vorausgesetzt. Wolltest du das etwa alles wie gehabt weiterlaufen lassen?«

Reindl fuhr sich durch die Haare und sah sich um, als suchte er Hilfe bei den Passanten, die sich an ihnen vorbeidrängten. »Ich will sie nicht verletzen«, sagte er endlich kleinlaut.

»Du verletzt sie viel mehr, wenn du nicht ehrlich zu ihr bist. Und mich auch, ganz nebenbei. Also, überleg es dir, ich rufe dich Ende der Woche an.«

»Wo?« Reindls Frage klang fast wie ein Hilfeschrei.

»Na, zu Hause, wo denn!«, antwortete Margot kühl, die genau diese Reaktion hatte testen wollen und jetzt sicher war, dass sie ihn nicht anrufen würde.

»Nein, ich mache dir keine Schwierigkeiten«, fuhr sie nach einer kurzen Pause fort, »bring dein Privatleben in Ordnung, so oder so, dann kannst du dich wieder melden.«

Sie drehte sich auf dem Absatz um und lief in umgekehrter Richtung davon. Den Weg zu seinem Auto würde er ja wohl alleine finden, und was zu sagen war, hatte sie gesagt. Erst zwei Straßen weiter, in der Kupferstraße, hielt Margot atemlos an. Hier irgendwo musste dieser Schmuckladen sein. Sie setzte sich auf eine Bank und wartete, bis ihr Herz langsamer schlug. Hartnäckig drängte sich das Gefühl, das Reindls Umarmung bei ihr ausgelöst hatte, immer wieder in ihr Bewusstsein und ebenso hartnäckig versuchte sie, es zu vertreiben. Du hast noch eine halbe Stunde, um den Schmuckhändler nach einer Frau mit Baby und dem Rosenquarz zu befragen, ermahnte sie sich, dann geht der Bus zum Münchner Flughafen. Und dann fliegst du nach Hause und verabredest dich endlich mit Bernd Zazek, dem lieben alten Knautschgesicht. Der hat auch eine Schulter zum Anlehnen.

18

Wo steckt dieses Weib, verflucht noch mal.« Jens Schiller wuchtete seinen mächtigen Körper aus dem Drehsessel und schlug mit der Faust auf den Schreibtisch.

»Ihr Handy ist immer noch ausgeschaltet«, meldete seine Sekretärin von nebenan durch die geöffnete Tür. »Und der Anrufbeantworter auch.«

Jens riss seine Jacke von der Stuhllehne und stürmte aus seinem Dienstzimmer. »Das sind jetzt schon zwei Tage«, schnaubte er, »ich fahre zu ihr.«

Hinter Margots Wohnungstür rührte sich nichts. Jens legte sein Ohr an das Holz, dann läutete er Sturm. Nichts. Er klopfte und rief ihren Namen. Noch immer keine Reaktion. Nun begann Jens, mit beiden Händen gegen die Tür zu pochen, bis ihm der Schweiß auf der Stirne stand. »Mach endlich auf«, schrie er.

»Aber gerne.« Mit einer Drehung, die sein Gleichgewicht gefährlich ins Wanken brachte, wirbelte er herum – und stand Margot gegenüber.

»Du lebst, Gott sei Dank«, sagte Jens und lehnte sich erschöpft an die Wand, richtete sich aber gleich wieder zu seiner vollen Größe auf. »Da du nicht tot bist, welche Entschuldigung hast du für dein Verhalten vorzubringen? Und wieso riechst du so streng?«

»Pferdemist«, sagte Margot lakonisch und deutete auf ihre verdreckten Reitstiefel. »Ich komme gerade aus dem Stall und habe dich schon von unten hier rumtoben hören. Was sollen nur die Nachbarn von mir denken?« Sie wiegte mit gespielter Besorgnis den Kopf und schloss auf. »Komm rein, es gibt Kaffee.«

»Den habe ich mir auch verdient«, sagte Jens und folgte ihr ins Wohnzimmer. »Seit zwei Tagen spiele ich deinen Privatsekretär. Was machst du da eigentlich?«

Margot hatte sich aus ihren engen Reithosen gepellt, zog jetzt den verschwitzten Pullover über den Kopf und warf beides, zusammen mit den Stiefeln, auf ihren kleinen Balkon. »Da kann es erst mal lüften. Sieh mich nicht so an, du hast doch bestimmt schon mal eine Frau im Body gesehen. Gib mir zwei Minuten für eine Dusche, dann kann's weitergehen.«

»Was heißt, du spielst meinen Privatsekretär?«, fragte Margot, als sie schließlich frisch angezogen und mit einer Kanne Kaffee ins Wohnzimmer zurückkam.

Jens hielt ihr eine Hand voll Zettel hin. »Hier, alles Anrufe für dich von Leuten, die offenbar glaubten, du bist in die Redaktion gezogen, weil sie dich anders nicht erreichen konnten. Was war denn mit dir?«

»Ich brauchte Ruhe nach der Beerdigung und dem Stress vorher, also habe ich alle Apparate runtergefahren und bin auf Tauchstation gegangen. Zwei Tage lang Ställe ausmisten, Pferde striegeln und über Felder galoppieren, das reinigt die Birne. Solltest du auch mal ausprobieren.«

Jens tippte sich an die Stirn und hielt ihr seine Tasse hin. »Für meine Birne reicht vorläufig noch Kaffee.«

Margot goss ein und kuschelte sich dann in ihren Lieblingssessel. »Lass hören«, sagte sie und deutete auf die Zettel in seiner Hand.

»Als Erstes«, knurrte Jens, »schaffst du mir diesen Älpler vom Hals. Dreimal hat er angerufen, zuletzt hatte ich das Gefühl, er verdächtigt mich, dich in Stücke gehackt und im Garten vergraben zu haben.«

Margot fuhr auf. »Älpler?«

»Genau. Sein Name hat so ein geschnalztes ›l‹ hinten dran. Wo habe ich ihn denn hingeschrieben. Ach hier.« Er reichte Margot den Zettel, auf dem neben dem Namen Reindl die Kliniknummer stand.

Natürlich, dachte Margot, welche denn sonst. Sie würde nicht zurückrufen. »Was noch?«, fragte sie und versuchte dabei, einen möglichst sachlichen Eindruck zu machen.

»Hans Hieronymus lässt dir mitteilen, dass ihn die Reportage begeistert hat.« Jens blickte auf und reckte den Daumen. »Ist übrigens auch gestern in der Blattkritik sehr gelobt worden.«

Margots Stimmungsbarometer hob sich augenblicklich. »Wirklich? Niemand hat gestänkert? Keiner hat gesagt, da hätte man doch oder wäre besser gewesen wenn?«

»Nur das Wissenschaftsressort hat sich mokiert. Sie fanden, wir hätten einen Kasten über Formen der Angst dazusetzen sollen«, antwortete Jens.

Margot dachte einen Moment nach. »Stimmt. Wäre vielleicht nicht schlecht gewesen. Na gut. Was hast du noch für mich in deinem Zettelkasten?«

»Ein paar Leseranrufe, die habe ich gleich selbst erledigt. Ah ja, dann ist da noch ein Termin, den ich dir dringend weitergeben soll von Dörthe Sontner. Ihre Mutter erwartet dich am Sonntag, also übermorgen, um elf Uhr im Inselstieg acht.«

Jens reichte Margot die Notiz rüber und sah sie fragend an. »Was willst du denn von der? Stehst du neuerdings auf Kaffeeklatsch?«

»Ich liebe Kaffeeklatsch«, lachte Margot, »klönen und dabei Schwarzwälderkirschtorte essen, das ist Hygiene für die Seele. Das am Sonntag wird aber leider keiner.«

»Eine neue Story, noch geheim?«, fragte Jens und hievte sich aus dem Sessel hoch.

»Vielleicht«, sagte Margot, »vielleicht auch nicht. Was mich auf eine Frage bringt, die mir heute Morgen im Stall eingefallen ist. Darf ich sie dir stellen, auch wenn sie dir bescheuert vorkommt?«

»Wenn es schnell geht. Ich muss endlich mal in die Redaktion zurück.«

»Angenommen«, sagte Margot »du willst jemanden mit Pfeil und Bogen erschießen. Wie transportierst du das Gerät möglichst unauffällig?«

»In einem Gitarrenkasten«, antwortete Jens ohne Zögern.

»Oder in einer Tennistasche«, ergänzte Margot und dachte an Hans Hieronymus und die Bücher.

19

Wie immer hing ein Hauch von Knoblauchduft in der Luft. Und wie immer rümpfte Margot die Nase, als der Kellner sechs Weinbergschnecken in brutzelnder Sauce vor Bernd Zazek abstellte. »Wic kannst du nur diese glibberigen Viecher verspeisen.«

»Hm«, brummte Zazek demonstrativ, spießte genüsslich ein Fleischklümpchen auf und schob es sich in den Mund.

»Du würdest nicht einmal vor eingelegten Regenwürmern in Aspik zurückschrecken«, maulte Margot und schüttelte sich.

»Das ist einer der vielen Vorteile, die wir Junggesellen haben«, antwortete Zazek vergnügt, »wir können essen, wann, wie viel und was wir wollen ohne permanenten Umerziehungsversuchen ausgesetzt zu sein. Richtig toll ist das, wenn dir nachts um eins der Sinn nach einer fettigen Pizza steht, die du dann direkt aus der Pappe ohne Besteck mampfst, vor dem Fernseher und die Füße auf dem Tisch. Und keine Frau weit und breit, die dir eine Serviette für die Fettfinger aufdrängt, dich an deinen Cholesterinspiegel erinnert und einen Untersetzer unters Bierglas schiebt.«

»Klasse«, sagte Margot und hielt ihm ihre Serviette hin, »ich sehe dich direkt vor mir, wie du dir die Pfoten an deiner ausgebeulten Pyjamahose abwischst. Du hast die Reste einer ermordeten Schnecke am Kinn.«

Zazek wischte sich mit dem Handrücken über den Mund, lehnte sich zufrieden zurück und sah sich im Lokal um. Da es Freitagabend war, waren fast alle Tische besetzt und die zwei Kellner liefen geschäftig mit ihren Tabletts zwischen Küche und Gastraum hin und her.

»Schön, mal wieder mit dir hier zu sitzen«, sagte er, »auch wenn ich weiß, dass du mich nicht ganz ohne Hintergedanken hierher gelockt hast.«

Margot schluckte ihren letzten Bissen Spaghetti hinunter und schob den leeren Teller zur Seite. »Hintergedanken? Ich?« Sie lächelte Bernd Zazek über ihr Rotweinglas hinweg an und prostete ihm zu.

»Ich mag dich, Herr Kriminalrat, du bist wie ein Dach, unter das man sich retten kann.«

Zazek richtete sich auf und sah Margot aufmerksam an. »Höre ich da so etwas wie Resignation heraus? Hast du Kummer?«

In Margots Erinnerung tauchte ein nassgeweintes Revers auf und zwei Arme, die sich um sie legten. Sie räusperte sich und fixierte ihren

Blick irgendwo am anderen Ende des Raumes. »Kummer würde ich es nicht nennen, aber so ein bisschen geknickt bin ich schon.«

Sie sah jetzt Zazek in die Augen und straffte die Schultern. »Kannst du dir mich als Ersatzspielerin in der zweiten Liga vorstellen?«

Zazek zog verblüfft die Augenbrauen hoch. »Kann ich nicht«, antwortete er, »egal um welches Spiel es sich handelt. Um welches handelt es sich denn?«

»Um das älteste.« Margot zuckte hilflos mit den Schultern und hielt sich an ihrem Weinglas fest.

»Du hast dich verliebt«, stellte Zazek nüchtern fest, »und er ist verheiratet.«

»Nicht eigentlich. Aber so ähnlich. In festen Händen eben«, sagte Margot und ärgerte sich im gleichen Moment darüber, wie kläglich sie geklungen hatte. »Zum Totlachen, oder«, schob sie deshalb resoluter hinterher, »ich als heimliche Geliebte. Das ist eine Zumutung.« Ihre Stimme wurde jetzt lauter. »Gib zu, dass es eine Zumutung ist.«

Zazek nickte, unterbrach aber ihren Ausbruch nicht.

»Wie kann der Mann sowas überhaupt von mir erwarten?«, fuhr sie fort. »Selbstherrlich ist das. Aber so ist er. Einmal hat er mich sogar eine Zicke genannt.«

»Mut hat er ja«, warf Zazek lakonisch ein, griff aber gleichzeitig versöhnlich nach ihrer Hand. »Na komm, erzähl mal von vorne.«

Und als hätten sich alle Schleusen geöffnet, berichtete Margot nun von ihren Begegnungen mit Dr. Richard Reindl in Ingolstadt.

»Ich habe ihm sogar angeboten, ein paar Tage mit mir zu verreisen, damit wir eine Chance haben, uns besser kennen zu lernen«, schloss sie. »Aber er hat Angst vor Christa. Und deswegen bin ich in den vergangenen zwei Tagen abgetaucht. Ich weiß nicht weiter. Sag du es mir.«

Bernd Zazek hatte, den Kopf in die Hände gestützt, schweigend zugehört. Jetzt streckte er sich, reckte die Arme nach unten und ließ sich dann bequem zurücksinken.

»Das mit der gemeinsamen Reise ist vernünftig. Andererseits kann ich den Mann verstehen, dass er seiner Partnerin nicht gleich den Laufpass gibt, er kennt dich doch kaum. Es sollte ihm allerdings möglich sein, die paar Tage mit dir hinzukriegen. Wenn er das wirklich will, dann schafft er das auch. Schlag es ihm noch mal vor und mach ihm klar, dass davon deine Entscheidung abhängt.«

»Klingt völlig logisch, wie du das vorträgst«, sagte Margot mit einem erleichterten Seufzer, »so wird's gemacht und wenn es schief geht, bist du schuld. Ich lade dich zu einer zweiten Runde Merlot ein, dann kannst du mir in Ruhe erzählen, was es so Neues gibt.«

»Neues?«, fragte Zazek gedehnt. »Meinst du etwas Bestimmtes?«

»Du weißt genau, was ich meine«, sagte Margot, »spiel nicht den Dummen. Also, was gibt es Neues im Fall Zell-Bausig?«

»Na, sehr wesensverändert bist du jedenfalls nicht durch deine neue Liebe«, stöhnte Zazek, »aber da du bisher nicht einen einzigen Beamten wegen dieses Falles belästigt hast, was ich dir hoch anrechne, sollst du nicht leer ausgehen. Unter vier Augen natürlich, wie gehabt.«

Margot nickte und beugte sich erwartungsvoll vor.

»Um es vorwegzunehmen«, begann Zazek, »von dem Täter fehlt noch jede Spur. Es besteht allerdings Anlass zu der Vermutung, dass er in Malerkreisen zu suchen ist. Der Täter kannte das Deckenfresko offenbar genau. Im Pensionszimmer des Toten hat die Polizei ein Heft mit Abbildungen des Freskos und des Kirchenraumes gefunden, in dem mit einem Kreis gekennzeichnet war, wo Zell-Bausig sich zum verabredeten Zeitpunkt hinstellen sollte.«

»Direkt unter den Pfeil des Schützen aus dem Erdteil Afrika«, flüsterte Margot.

»Genau«, bestätigte Zazek und nahm einen Schluck Wein, ehe er fortfuhr. »Der Brief mit der gefälschten Agenturadresse war perfekt, er wirkte vollkommen echt. Das Risiko, dass Zell-Bausig die angegebene Telefonnummer anwählte, hat der Täter dadurch ausgeschaltet, dass er um strikte Geheimhaltung bat. So hat er es geschafft, sein Opfer zur rechten Zeit an den richtigen Platz zu beordern. Er brauchte nur noch seinen Pfeil abzuschießen. Natürlich waren keinerlei Fingerabdrücke auf dem Papier. Dafür sind umso mehr Fingerabdrücke auf der Zeichnung, die Zell-Bausig am Ingolstädter Bahnhof in einem Schließfach deponiert hatte.«

»Eine Zeichnung!«, rief Margot und hielt sich schnell den Mund zu, weil ihr Ausruf die Gäste an den umliegenden Tischen aufmerksam gemacht hatte. »Von wem?«, fragte sie leise.

»Signiert ist sie von einem offenbar unbekannten Maler namens Emes. Er wird zurzeit gesucht.«

»Da sieh mal an«, sagte Margot triumphierend. »Ein Emes steht nämlich auch in Zells Atelier hier in Hamburg.

»Keineswegs, junge Dame«, gab Zazek gelassen zurück, »der Hamburger Emes ist polizeilich konfisziert, du selbst hast Karla Zell doch vernünftigerweise geraten, wegen eines Verkaufs vorher bei uns nachzufragen. Das hat sie getan.«

»Und die Zeichnung in Ingolstadt?«, fragte Margot.

»Die wollte Zell-Bausig eigentlich verkaufen. Er hatte sie einem Galeristen angeboten, der sie ausstellen wollte. Am Tag des Mordes aber, bevor er zu der Verabredung in die Asamkirche fuhr, stürmte Zell-Bausig in die Galerie und verlangte das Bild ohne jede Erklärung zurück. Er hat es dann in dem Schließfach am Bahnhof deponiert und ist anschließend mit dem Taxi zur Kirche gefahren.«

»Das kommt zeitlich hin«, sagte Margot, »denn er hat am Mordtag die Pension mindestens zehn Minuten vor mir verlassen, nachdem er mir fast die Schlüssel an den Kopf geknallt hatte, ist aber erst eine gute drei viertel Stunde nach mir mit dem Taxi vor der Kirche vorgefahren. Was ist mit den Malschülern?«

»Wurden alle vernommen.« Zazek goss Wein aus der Karaffe nach und nahm einen großen Schluck. »Keiner vorbestraft, alle sauber, so wie es aussieht. Allerdings scheint kaum jemand mit Zell-Bausig klargekommen zu sein. Alle bezeichnen ihn als jähzornig und zynisch. Vierzehn haben vorzeitig den Kurs beendet, weil sie seine Ausfälle und Demütigungen nicht mehr hinnehmen wollten.«

»Sind auch Frauen mit Babys dabei?«

Zazek sah Margot verblüfft an. »Da bin ich überfragt. Denkst du an ein uneheliches Kind?«

»Das weniger«, antwortete Margot und erzählte von den Beobachtungen der Hotelangestellten und der Mesners-Frau, die beide eine Frau mit Baby gesehen hatten.

Zazek fuhr sich durch seinen dichten, grauen Haarschopf und zog verärgert die Augenbrauen zusammen. »Wieso haben die das nicht der Polizei gesagt?«

»Weil sie es für unwichtig hielten«, sagte Margot beschwichtigend, »ist es ja vielleicht auch, genauso wie der Rosenquarzstein etwas bedeuten kann oder auch nicht.«

Und so erfuhr Kommissar Bernd Zazek an diesem Abend auch von dem Stein, den die Putzfrau vor dem Aufgang zur Orgelempore gefunden hatte und von Margots Besuch bei dem Schmuckhändler.

»Der war allerdings keine große Hilfe. Er verkauft reihenweise Steine aller Art als Glücksbringer für die einzelnen Sternzeichen, Rosenquarz zum Beispiel für Stiere.«

»Damit ist der Fall so gut wie gelöst«, lachte Zazek, »ein Stier war der Mörder, entlarvt von Margot Thaler, dem Schrecken aller Kriminellen.«

»Ach, sind wir heute wieder überheblich.« Margot angelte ihre Tasche unter dem Tisch hervor. »Du wirst schon sehen, was du davon hast, wenn du ohne meine Mithilfe auskommen musst.«

»Wenn es denn so wäre!« Bernd Zazek steckte bedächtig seine Brieftasche ein und stand auf. »Aber die Erfahrung mit dir lehrt mich, nicht zu gutgläubig zu sein. Dafür, dass du dich angeblich nicht in den Fall einmischst, weißt du nämlich verdächtig viele Einzelheiten.«

»Die Leute in Ingolstadt reden halt über diesen Mord, ist doch normal, und ich war dort wegen Ollo. Da hätte ich mir schon die Ohren zuhalten müssen, um nichts mitzubekommen.«

»Genau, eigentlich hat es dich nicht interessiert, weil du ja nicht neugierig bist. Und was kannst du dafür, wenn du zufällig das eine oder andere aufschnappst.«

»Es gibt keine Zufälle. Das kannst du schon bei Nostradamus nachlesen. Du kannst doch lesen, oder?« Margot hakte sich bei Zazek ein und sah ihn grinsend von der Seite an.

Inzwischen waren sie auf die Straße getreten und Bernd Zazek legte zum Abschied seinen Arm um Margot.

»Kümmer dich um deinen Onkel Doktor und lass den Bogenschützen in Ruhe. Schließlich kann es sich auch um einen gefährlichen Psychopathen handeln, und ich will nicht, dass dir was passiert. Dann müsste ich meinen Wein wieder selbst bezahlen, und das bei meinem Gehalt.«

Margot gab ihm einen herzhaften Kuss auf seine kratzigen Bartstoppeln. »Keine Sorge«, rief sie im Weglaufen, »ich nähere mich keinen gefährlichen Psychopathen.«

Sie ahnten beide nicht, dass sie genau das bereits getan hatte.

20

Der Inselstieg war eine schmale Sackgasse, die auf den ersten Blick wie eine private Einfahrt aussah. Das Gässchen endete an einem Jägerzaungatter, hinter dem zwischen dichten Baumkronen und blühenden Büschen ein weißer, lang gestreckter Klinkerbau durchschimmerte. Bei näherem Hinsehen erwies sich das Gebäude als eine Aneinanderreihung von acht modernen Stadthäusern, dreigeschossig und mit Sprossenfenstern bis unters Dach.

Hübsch, dachte Margot. Sie öffnete die Gartenpforte und schlenderte den gepflasterten Fußweg entlang, der, eingerahmt von üppigem Grün, von Haus eins bis Haus acht führte. Irgendwo in

Margots Nähe klackte eine Tür. Ein schwarzer Kater sprang hinter einem Rhododendronbusch hervor und fixierte Margot mit seinen hellgrünleuchtenden Augen. Ein etwa vierzehnjähriger Junge kam ihr auf dem gewundenen Weg entgegen.

»Das ist Rudi«, sagte er und deutete auf den Kater. »Zu wem möchten Sie?«

»Zu Märthe Sontner. Warum fragst du?«

»Weil Sie fremd sind. Wir kennen uns hier alle untereinander, und wenn wir jemanden nicht kennen, fragen wir, wo er hinwill. Märthe wohnt hinten im letzten Haus.« Der Kater schmiegte sich an die Beine des Jungen.

»Ist das deiner?«, fragte Margot. »Nö, der gehört eigentlich allen hier. Wer gerade zu Hause ist, bei dem schnorrt er. Am liebsten geht er zu Märthe, seit sie wieder da ist.«

»Wieder da? War sie denn weg?«

»Nö, nicht direkt weg. Nur dauernd zum Malen draußen. Mann, immer nur Bäume und Blumen malen. Ätz.« Der Junge verpasste Rudi einen freundschaftlichen Knuff. »Ich muss los.«

Margot sah ihm nach, wie er auf seinen dicksohligen Nike-Schuhen weiterschlurfte mit einem Gang, auf den John Wayne neidisch geworden wäre. Cool eben, dachte sie amüsiert, wie man so zu sein hat, wenn man mitten im Stimmbruch angekommen ist.

Neben der Haustür von Nummer acht stand ein großer Terracottatopf voller gelber und blauer Stiefmütterchen. Märthe Sontner öffnete, noch bevor Margot läuten konnte.

»Ich habe Sie vom Fenster aus gesehen, wie Sie mit Marc gesprochen haben. Ein netter Junge. Überhaupt haben wir nur nette Kinder hier in unserem Inselstieg. Ein Glücksfall.«

Ein Glücksfall für die Kinder, so aufwachsen zu können, dachte Margot, behütet, akzeptiert. In anderen Stadtteilen sah das anders aus, da wurden Gewalt, Suff und Hilflosigkeit in gerader Linie von den Erwachsenen in die Kinder hineingeprügelt.

»Ja, ein Glücksfall«, antwortete sie zerstreut und versuchte ihre abgewanderten Gedanken wieder einzufangen.

Märthe Sontner führte sie durch einen großen, hellen Wohnraum auf die Terrasse, auf der ein Kaffeetisch gedeckt war. »Es ist zwar nicht mehr so warm wie in den vergangenen Tagen, aber für Hamburger Verhältnisse geradezu tropisch, nicht wahr. Deswegen dachte ich, wir nehmen den Kaffee hier draußen.«

Sie trug ein hellblaues, wadenlanges Baumwollkleid, das ihre schlanke Figur betonte und genau zu der Farbe ihrer Augen passte.

»Sie sehen aus wie die ältere Schwester ihrer Tochter«, sagte Margot und meinte das aufrichtig. Nur der Mund ist anders, dachte sie, härter, bitterer, auch trauriger, selbst wenn sie lächelte so wie jetzt.

Die Terrasse war an der rechten Seite durch einen hölzernen Sichtschutz begrenzt, der an das Nachbargrundstück anschloss. Nach links war der Blick frei auf einen Steingarten, der bis zur Rückfront einer Garage reichte. Vor der Terrasse war ein breiter Rasenstreifen, mannshohe Rabatten nahmen die Sicht auf das gegenüberliegende Haus.

Märthe Sontner lief auf den Rasen und deutete die Häuserzeile hinunter. »Sehen Sie, wir haben hier keine Zäune zwischen unseren Gärten. Alles eine große Wiesenfläche. Das eben macht den Charme dieser Anlage aus, dass sie nicht kleinlich ist. Aber jetzt wird es Zeit für den Kaffee.«

»Sie wissen, dass ich mit Ihnen über Zacharias Zell-Bausig sprechen möchte«, begann Margot, nachdem sich beide gesetzt hatten, und sie erzählte in kurzen Worten, wie sie beinahe Zeuge des Mordes wurde und wie sehr ihr – hierbei kreuzte sie die Beine unter dem Tisch – dieses Erlebnis nahe ging. Märthe Sontner hielt die ganze Zeit über den Blick gesenkt, wobei ihre Augenlider ständig in Bewegung waren wie die Flügel eines Kolibris.

Als Margot geendet hatte, entstand eine Pause. Die sonntägliche Stille wurde nur unterbrochen durch das Brummen eines Propellerflugzeuges, das über ihre Köpfe hinwegflog und allmählich wieder leiser wurde.

»Verstehe«, sagte Märthe endlich. »Sie müssen das psychologisch abarbeiten.«

Oh Gott, dachte Margot, ich habe zu dick aufgetragen. »Na ja, so schlimm ist es nun auch wieder nicht«, wiegelte sie ab, »ich möchte einfach nur wissen, wer das war, der da in seiner letzten Lebensstunde noch meinen Weg gekreuzt hat.«

Märthe wischte sich mit einem Taschentuch die Schweißperlen von der Stirn. »Die Schwüle macht mir zu schaffen. Verziehen wir uns ins Wohnzimmer, da ist es kühler.«

Sie ging voraus und Margot setzte sich auf einen der beiden niedrigen, braunen Sessel, in denen sie fast versank. In dem langgeschnittenen Raum dominierten Brauntöne, sogar an den Wänden, die in einem lichten Ocker gestrichen waren, aber sonst keinerlei Zierde aufwiesen.

Wie eigenartig, dachte Margot, hier hängt nicht ein einziges Bild. Märthe, die aus einem Schrank eine Flasche Cognac und zwei Gläser genommen hatte, setzte sich zu ihr und fächelte sich mit einer Zeitung Luft zu. Um ihre Augen, besonders in den Winkeln zur Nase hin lagen dunkle Schatten, die Margot zuvor nicht bemerkt hatte.

»Soll ich Ihnen ein Wasser holen?«, fragte sie besorgt, aber Märthe wehrte ab.

»Es geht schon, danke. Seit ich die fünfzig überschritten habe, macht mir alles Mögliche zu schaffen, das Wetter, der Kreislauf, die Wirbelsäule.«

»Und dann auch noch Zell-Bausig«, ergänzte Margot trocken.

Märthe klappte ihre blauen Augen zu voller Größe auf, was sie sehr streng aussehen ließ. »Wohl kaum, da er tot ist«, sagte sie, wobei sie von den letzten vier Wörtern jedes einzeln betonte. »Abgesehen davon habe ich seit mehr als drei Jahren nicht mehr mit ihm gearbeitet.«

»Aber auch nicht mehr gemalt. Hat er es Ihnen ausgeredet?«

»Er hat es versucht, aber es ist ihm nicht gelungen. Jedenfalls nicht endgültig. Seit einigen Monaten male ich wieder.« In Märthes Stimme lag jetzt eine so deutliche Genugtuung, dass Margot aufhorchte.

»Wie hat er es versucht?« Das gemeine Schwein, ergänzte sie in Gedanken und dachte an den alten Senft, der in seiner unrühmlichen Zeit als Chefredakteur des Journal seine sadistische Freude daran hatte, Autoren in den Boden zu stampfen, bis ihr Selbstbewusstsein im Koma lag und sie tatsächlich keine einzige Zeile mehr zu Papier brachten.

»Wie er das gemacht hat?« Märthe Sontner lehnte sich zurück und sah in den Garten hinaus. »Perfide, raffiniert geradezu.«

Sie trank einen Schluck Cognac und hielt das bauchige Glas mit beiden Händen umfangen, als müsste sie sich festhalten. »Zu Anfang hat er mich umgarnt, hat meine Arbeit gelobt. Ziemlich bald aber fand er hier was auszusetzen und da was zu bemängeln. Und es dauerte nicht mehr lange, bis er jeden Pinselstrich in Grund und Boden kritisierte. Aber das war nicht das Schlimmste.« Sie starrte weiter nach draußen und schluckte.

Margot wünschte sich in diesem Moment, sie hätte Zell damals in der Pension den Schlüssel zurückgeschleudert, genau zwischen die Augen oder an eine noch empfindlichere Stelle.

»Was war das Schlimmste?«

»Dass er mich gedemütigt hat vor den anderen. Er fragte beispielsweise: Woran erkennen wir den Dilettanten? Und als Antwort analysierte er eine meiner Arbeiten. Dieses Muster hat er in vielen Schattierungen beherrscht. Und dabei hat er immer gelächelt. Immer gelächelt.«

»Sie hätten ihm in die Fresse hauen sollen«, rief Margot aufgebracht. »Haben Sie ihn wenigstens mal gefragt, wann er sein letztes Bild verkauft hat oder seine letzte Ausstellung hatte?«

»Nichts habe ich getan, nichts. Sein Verhalten hat auf mich gewirkt wie ein Nervengift. Ich war handlungsunfähig.«

»Aber schließlich sind Sie doch vorzeitig gegangen.«

»Ja. Als er behauptete, meine Bilder, die ich vor der Zeit bei ihm gemalt hatte, seien in Wahrheit gar nicht von mir. Er unterstellte mir tatsächlich, sie gestohlen und nachträglich signiert zu haben. Absurd.« Märthe krallte ihre Hände ineinander und zwang sich zu einem Lächeln. »Dumm, dass mich das immer noch so aufregt.«

Sie griff fahrig in die Tasche ihres Kleides, fand aber offenbar nicht, was sie suchte. »Entschuldigung«, sagte sie, sprang auf, lief im Zimmer umher, setzte sich dann aber wieder und rieb sich die Schläfen. »Ich bin entsetzlich müde.«

Margot sah ein, dass es keinen Sinn hatte, die Unterhaltung weiterzuführen. »Eine Frage habe ich noch, bevor ich gehe«, sagte sie im Aufstehen, »wer ist Emes?«

Märthe ließ die Hände sinken und überlegte. »Das weiß ich nicht«, antwortete sie endlich. »Das weiß ich wirklich nicht.«

»Vielleicht kennt Ihre Tochter Mareike den Namen? Sie hatte doch auch Unterricht bei Zell-Bausig. Bestimmt hat sie auch Interessantes zu erzählen.«

»Bestimmt nicht.« Märthe war aufgesprungen und schüttelte energisch den Kopf. »Mareike war nur unregelmäßig dort. Für sie ist die Malerei allenfalls ein Hobby so wie Skatspielen oder Blumen züchten. Sie hat nichts zu erzählen, bestimmt nicht. Außerdem ist sie sowieso nie zu Hause. Lassen Sie sie in Ruhe.«

»Ich hatte nicht vor, Mareike zu überfallen, Frau Sontner«, sagte Margot kühl, »ich muss jetzt gehen. Danke für das Gespräch.«

Sie ging zur Treppe, die hinunter zur Haustüre führte, als sie plötzlich Märthes Hand auf ihrem Arm fühlte. Der Griff war unerwartet hart, sodass Margot eine unbewusste Abwehrbewegung machte. Dennoch konnte sie sich auch später nicht erklären, wieso Märthe ins Straucheln geriet.

Sie knickte mit dem linken Fuß auf der obersten Treppenstufe um, rutschte mit den glatten Ledersohlen ihrer Sandalen nach, versuchte vergebens, sich am Geländer fest zu halten und fiel so kopfüber die sechs Stufen hinunter, wo sie benommen liegen blieb.

21

Die Kabinen in der medizinischen Notaufnahme der Universitätsklinik waren alle belegt. In jeder Parzelle stand eine Liege, hygienisch abgedeckt mit robustem Krepppapier, daneben ein Stuhl und ein Tisch. Lange, weiße Baumwollvorhänge trennten die Kabinen voneinander und boten gleichzeitig einen Sichtschutz zum Flur hin.

Margot saß auf der Liege und ließ die Beine baumeln. Märthe Sontner war abgeholt worden zum Röntgen. Zuvor hatte ihr ein junger Arzt mit einer Stablampe in die Augen geleuchtet, Blutdruck und Puls gemessen, sie gefragt, wie sie heiße und was genau passiert sei. Margot hatte währenddessen vor dem Vorhang gestanden und jedes Wort mitgehört. Wird schon nicht so schlimm sein, beruhigte sie sich jetzt selbst. Immerhin kann Märthe sich an alles erinnern, der Kopf funktioniert also noch. Selbst die Fahrt auf dem Rücksitz von Margots Auto hatte sie dem Arzt haargenau geschildert und dass Margot darauf bestanden hatte, sie in die Klinik zu fahren, obwohl ihr doch nur ein wenig der Kopf brumme.

In der Kabine nebenan wurden Stimmen laut. »Mama, du musst hier bleiben, es geht nicht anders«, hörte Margot einen Mann sagen. Es folgte ein Schluchzen und leises Wimmern. Dann wieder die energische Stimme des Mannes. »Überleg doch mal. Du bist alleine zu Hause. Wer soll dich denn versorgen? Ich muss arbeiten und Anne auch.« Margot hörte auf, mit den Beinen zu baumeln.

»Nein, nicht ins Krankenhaus.« Das war die Stimme der Mutter. Sie klang sehr alt. »Nur nicht ins Krankenhaus.«

Margot sprang auf und lief auf den Flur. Sie hatte das Gefühl, keine Minute länger in dieser sterilen Tristesse aushalten zu können. Wie lange dauerte es, einen Kopf zu röntgen? Aus einem der Behandlungsräume sah sie die Krankenschwester kommen, die sie und die benommene Märthe in Empfang genommen hatte.

»Dauert das Röntgen noch lange?«, fragte Margot.

»Kann ich nicht sagen«, antwortete die Schwester ohne stehen zu bleiben. »Da müssen Sie sich schon gedulden.« Sie lief auf eine Trage zu, die seitlich an der Wand stand, rollte sie gekonnt zu der Kabine, in der Mutter und Sohn warteten und schob mit einem Ruck den Vorhang zur Seite. »So, Frau Thieme, Ihr Bett auf Station ist hergerichtet.«

Margot wandte sich ab dahin, wo der Flur eine Biegung machte und wo sie hoffte, dem Abtransport der alten Frau nicht zusehen zu müssen. Hinter einer angelehnten Tür sah sie den jungen Arzt von vorhin an einem kleinen Schreibtisch sitzen. Als er sie entdeckte, stand er auf und kam zur Tür.

»Ihre Bekannte ist gleich fertig im Röntgen. Wir werden sie für eine Nacht zur Beobachtung hier behalten müssen. Sie wird eine Infusion bekommen, um zu vermeiden, dass sich Ödeme im Gehirn bilden. Die Tochter wird wohl gleich hier sein.«

»Die Tochter?«

»Ja. Die Patientin wollte, dass wir sie anrufen.«

»Kommt sie hierher?«

»Ja, da wir noch nicht wissen, auf welcher Station wir die Patientin unterbringen, haben wir die Tochter hier in die Aufnahme bestellt.«

Margot überlegte, ob sie gleich gehen oder auf Dörthe warten sollte. Oder war es Mareike, die angerufen wurde? »Welche der Töchter haben Sie gesprochen?«, fragte sie.

»Welche? Na, das weiß ich nicht. Eine Frau Sontner jedenfalls«, antwortete der Arzt.

Märthe war noch immer nicht da, als Margot zur Kabine zurückkehrte. Welch ein Tag, dachte sie grimmig und sah auf die Uhr. Gegen zwei war Märthe die Treppe hinuntergesegelt, jetzt war es fast fünf. Margots Gedanken wanderten zu Richard Reindl und der Frage, ob er wohl auch gerade zwischen Kacheln, Krepp und Einwegspritzen seinen Sonntag verbrachte. Sie stellte ihn sich vor mit grünem Wickelkittel, Mütze und Mundschutz, mit dem Skalpell in der Hand über einen offenen Bauch gebeugt, während Christa an irgendeinem Apparat dreht und ruft: »Der Blutdruck sinkt!«

»Sie können hier auf Ihre Mutter warten.« Die resolute Stimme der Krankenschwester holte Margot aus ihren Träumereien. Neben der Schwester stand ein junges Mädchen, das mit seinen großen blauen Augen, dem schmalen Gesicht und den blonden Haaren unverkennbar die Züge der Sontners trug. Margot sprang von der Liege, stellte sich Märthes jüngster Tochter vor und erzählte ihr, was geschehen war.

»Ich glaube nicht, dass Sie sich Sorgen machen müssen. Morgen kann Ihre Mutter bestimmt wieder nach Hause.«

»Na hoffentlich!« Mareike Sontner setzte sich auf den einzigen Stuhl und streckte die Beine von sich. »Nun ging es ihr endlich wieder etwas besser, da kommt dieser blöde Sturz.«

»Sie meinen die Depressionen. Ihre Mutter hat so etwas angedeutet.«

Mareike blickte verwundert auf. »Tatsächlich, hat sie das? Das freut mich, weil es ein Zeichen ist, dass sie sich wieder mehr öffnet. Diese

Ausflüge ins Umland haben ihr gut getan, seitdem wird sie zunehmend aktiver.«

»Sie muss ja eine Menge Skizzen gemacht haben, wenn sie wochenlang unterwegs war.« Margot machte eine Handbewegung, die den Umfang eines Monumentalwerkes wiedergab.

Mareike schüttelte lachend den Kopf. »So viel wohl kaum. Aber gesehen habe ich sowieso nichts davon. Sie hortet alles in ihrem Malstübchen unter dem Dach, und da hat niemand Zutritt.«

»Sie zeigt niemandem, was sie malt? Wieso nicht?«

»Ich glaube, sie muss erst wieder sicherer werden. Was dieser Zell-Bausig mit ihr und anderen gemacht hat, das war wirklich eine miese Nummer.«

»Wie muss es da erst Emes gehen«, sagte Margot auf gut Glück. Mareikes Antwort kam spontan und ohne Zögern. »Beschissen, nehme ich an.«

»Sie kennen ihn?« Margot machte sich nicht die Mühe, ihre Überraschung zu verbergen, was Mareike sichtbar amüsierte.

»Nein, da muss ich Sie enttäuschen. Ich kenne nur das Portrait der Mutter mit Kind, das in Zells Atelier steht und das er immer so niedergemacht hat. Von da ab bin ich auch kaum noch hingegangen. Ich habe das alles nicht so ernst genommen wie meine Mutter, wissen Sie.«

»Wie sind Sie dann überhaupt in seinen Kurs geraten?«

»Weil ich …«, begann Mareike, brach aber ab und rückte näher an Margot heran. »Da meine Mutter mit Ihnen über ihre Depressionen gesprochen hat, kann ich Ihnen wohl auch vertrauen. Sie dürfen ihr aber nie verraten, was ich Ihnen jetzt sage«, fuhr sie leise fort. »Ich habe den Kurs bei Zell gebucht, weil ich den Eindruck hatte, dass er sie krank gemacht hat. Ich wollte ihn mir näher ansehen, vielleicht habe ich mir eingebildet, ich könnte irgendwas klären, ich weiß es selbst nicht genau. Es war eine dumme Idee und hat meine Mutter nur aufgeregt.« Sie wollte noch etwas hinzufügen, wurde aber unterbrochen, weil der Vorhang zur Seite flog.

»Ihre Mutter ist schon auf Station«, verkündete die Krankenschwester, »kommen Sie, ich zeige Ihnen, wo Sie hin müssen.«

Mareike folgte ihr gehorsam auf den Flur und sah sich nach Margot um, die Stift und Block aus ihrer Tasche kramte und hinter Mareike herlief.

»Hätten Sie etwas dagegen, mir Ihre Telefonnummer aufzuschreiben, damit ich mich nach Ihrer Mutter erkundigen kann?«

»Ich habe kein Telefon in meiner Studentenbude. Erkundigen Sie sich bei Dörthe, die ist ab morgen Abend wieder in Hamburg.«

Margot stopfte den Block zurück in ihre Tasche. »War sie verreist?«, fragte sie beiläufig.

»Nur für drei Tage in London. Ein Geburtstagsgeschenk ihres derzeitigen Freundes.«

»Nobel«, rief Margot während sie gleichzeitig die schwere Glastür aufstemmte, durch die sie endlich in die frische Luft entkommen konnte. Auf ihrem Weg nach draußen kam sie an dem Pförtner vorbei, der gerade gestenreich damit beschäftigt war, einem Besucher den Weg durch das Kliniklabyrinth zu weisen.

»Da nach links«, hörte Margot im Vorbeigehen den Pförtner sagen, »wo die Schwester mit dem Säugling läuft.«

Ohne sich dessen bewusst zu werden, folgte Margot mit den Augen dem ausgestreckten Arm – und blieb mitten im Eingang stehen. Was sie sah, war eine Krankenschwester, die ein Säuglingsbett vor sich herschob, in dem sich ein wuchtiges Federkissen bauschte. Das Kind sah sie nicht.

»Die Schwester mit dem Säugling, eine Frau mit Baby«, murmelte Margot vor sich hin, als sie langsam und sehr nachdenklich zu ihrem Auto ging.

22

Richard Reindl stellte sein abendliches Bier vor sich auf den Wohnzimmertisch und griff nach dem *Deutschen Ärzteblatt.* Er blätterte lustlos die ersten zwanzig Seiten durch, bis er an die Rubrik Stellenangebote gelangte. Chirurgen in leitender Stellung wurden in Dresden gesucht, in Krefeld, Frankfurt am Main und in Braunschweig. Reindl fixierte die Anzeige aus Braunschweig und überlegte, wie weit es von dort bis nach Hamburg sein mochte. Eine Stunde mit dem Auto? Oder mehr?

»Du liest die Stellenbörse?«, Christas Stimme klang so entsetzt, als hätte sie ihn beim Studium der Bekanntschaftsanzeigen erwischt. Ohne dass er es bemerkt hatte, war sie hinter seinen Sessel getreten und beugte sich jetzt über seine Schulter.

»Braunschweig, Jesses!«, schob sie nach und lief zurück zum Esstisch, der ihr gelegentlich als Bügeltisch diente. Sie schaltete das Eisen aus, wickelte die Schnur sorgfältig um den Knauf, stapelte die gebügelten Hemden Kante auf Kante aufeinander, schüttelte die Bügeldecke aus und verschwand mit den gesamten Utensilien im Schlafzimmer.

Reindl ließ das Blatt sinken und starrte ihr hinterher. Seit dem denkwürdigen Abend des dreizehnten Mai, als sie Margot im Theater getroffen hatten, herrschte zwischen ihm und Christa eine unausgesprochene Spannung. Zwölf Tage sind seither vergangen, dachte er, zwölf lange Tage, in denen Margot nichts von sich hatte hören lassen. In der ersten Woche hatte er versucht, sie telefonisch zu erreichen, hatte sogar diesem Typen aus der Redaktion eine Nachricht für sie hinterlassen. Aber auf den erhofften Rückruf wartete er bis heute.

»Stures Stück«, brummte er und leerte sein Bierglas in einem Zug.

»Hast du etwas gesagt?« Christa kam aus dem Schlafzimmer zurück und setzte sich ihm gegenüber.

»Nein, nichts.« Reindl beugte sich vor und rieb nervös die Handflächen aneinander. »Kann sein, dass ich vor unserem Urlaub noch mal zu einer Fortbildung fahre«, sagte er und räusperte sich.

»Ach!«

Wenn sie doch dieses ewige »Ach« sein ließe, dachte Reindl, während er weiter intensiv seine Hände knetete.

»Wohin denn?«, fragte Christa.

»Das steht noch nicht fest.«

»Ach. Sehr ungewöhnlich. Wenn es ein Symposium gibt, das dich interessiert, dann musst du doch auch wissen, wo es stattfindet.«

»Weiß ich ja auch. Ich meine, es gibt zwei, eins in Düsseldorf und eins in Hamburg und ich habe mich noch nicht entschieden.«

»Hamburg, aha.« Christas Stimme zitterte leicht, als sie weitersprach. »Ich nehme an, es ist nicht erwünscht, dass ich dich begleite.«

Reindl zog unwillkürlich die Schultern hoch, als suchte er Deckung. Gleichzeitig schoss ihm das Blut in den Kopf und der Mund wurde ihm trocken. Ihm war klar, dass er Christa besänftigen musste, wenn er eine ernsthafte Krise vermeiden wollte. »Was spukt dir denn nur im Kopf herum, Christelchen«, sagte er deshalb betont sanft, »wenn du mitkommen willst, dann komm eben mit.«

»Auch nach Hamburg?« Christa schien noch immer skeptisch. Reindl sah sie fest an. »Natürlich, warum denn nicht?«

»Du weißt schon, was ich meine.«

»Nein, sag es mir.« Reindls Verlegenheit wich allmählich einer ärgerlichen Ungeduld. Christas Angewohnheit, die Dinge nie beim Namen zu nennen, sondern immer in Andeutungen stecken zu bleiben, störte ihn schon seit langem und besonders jetzt. Da versuchte er angestrengt, diese andere Frau aus dem Kopf zu bekommen, um seine langjährige, gut eingefahrene Partnerschaft zu retten, und musste sich zu allem Überfluss noch unterschwellige Vorwürfe anhören. Sollte sie doch ihren Verdacht endlich aussprechen. Dann konnte er alles abstreiten und die Sache war vorerst vom Tisch.

»Also, raus damit«, bohrte er nach. Christa rang sichtlich um Fassung. Sie zog sich eines der kleinen runden Sofakissen vor den Bauch, als könnte es wie ein Airbag die Wucht des Aufpralls dämpfen.

»Wenn du unbedingt willst«, begann sie zögernd, »obwohl das nicht die Art ist, in der wir sonst miteinander umgehen.«

Eben, dachte Reindl, unterbrach sie aber nicht.

»Ich dachte, du willst in Hamburg diese Journalistin treffen«, fuhr Christa fort. »Seit sie hier in Ingolstadt aufgetaucht ist, bist du so verändert, so verschlossen irgendwie. Ich denke halt, das hat vielleicht mit ihr zu tun, dass sie vielleicht dauernd bei dir in der Klinik anruft und dich nicht in Ruhe lässt. So eine ist die doch, die kennt doch keine Regeln und keine Tabus, das habe ich auf den ersten Blick gemerkt.«

Menschenkennerin, dachte Reindl sarkastisch, widerstand aber dem ersten Impuls, Margot gegen die ungerechten und infamen Unterstellungen in Schutz zu nehmen. Das würde, entschied er nach kurzem Nachdenken, nur zusätzliche Unruhe schaffen. »Da kann ich dich beruhigen« antwortete er deshalb nur, »ich habe seit dem Theaterbesuch kein Wort mehr mit ihr gesprochen. Zufrieden?«

Christa sah verlegen zu ihm hin, sie schien besänftigt zu sein. »Passt eh nicht zu dir, so eine Ausgeflippte«, sagte sie, nun schon wieder lächelnd, »ich mach uns ein paar Käsebrote zurecht.«

Während sie in der Küche verschwand, lehnte Reindl mit geschlossenen Augen in seinem Sessel und versuchte, seiner Gefühle Herr zu werden. Er war wütend auf sich und seine Feigheit, aber auch auf Margot, die ihn im Ungewissen ließ, er war enttäuscht über die verpatzte Gelegenheit, doch noch ein paar heimliche Tage mit ihr zu organisieren und er sehnte sich danach, sie zu sehen oder wenigstens ihre Stimme zu hören.

Ich drehe mich im Kreis, dachte er, so geht das nicht weiter. Ich kann nicht länger warten, ich muss etwas unternehmen, ich muss sie wieder sehen. Ich muss einfach. Und noch ehe Christa aus der Küche zurückkam mit einer Platte belegter Brote, garniert mit Gurken und Radieschen, hatte Richard Reindl den Entschluss gefasst, nicht auf einen Rückruf zu warten, der vielleicht nie kam, sondern Margot Thaler hinterherzutelefonieren, bis er sie hatte.

23

Am nächsten Vormittag, einem Dienstag, ergriff Margot unerwartet selbst die Initiative, indem sie im Städtischen Krankenhaus Ingolstadt anrief. Dort allerdings erfuhr sie von einer Sekretärin, dass der Oberarzt schon seit zwei Stunden und für noch mindestens zwei weitere Stunden im OP sei. Ob sie etwas ausrichten könne? Sie werde faxen, ließ Margot die Sekretärin wissen und notierte sich die Fax-Nummer. Dann fiel ihr ein, dass sie bei der Gelegenheit noch eine kleine nebensächliche Information einholen könnte. Sie müsse den Oberarzt unbedingt noch vor seinem Urlaub sprechen, wann der denn sei, fragte sie deshalb und erfuhr, dass Reindl in gut zwei Wochen in Urlaub gehe, ganz genau vom zehnten Juni bis zum Vierundzwanzigsten.

»Dann ist sicher auch Frau Dr. Habermann in dieser Zeit nicht im Hause«, stellte Margot sachlich fest, was die Sekretärin mit einem ebenso sachlichen »genau« bestätigte.

»Genau«, wiederholte Margot, nachdem sie den Hörer aufgelegt hatte. »Genau, wie ich erwartet hatte.«

Sie betrachtete das Chaos auf ihrem uralten, ererbten Schreibtisch und fragte sich, wie Leute mit den schmalen Schreibtischen der Neuzeit auskommen konnten. In der Mitte ihrer ausladenden Arbeitsplatte lagen drei sortierte Stapel Papier. Der eine Stapel enthielt sämtliche Aufzeichnungen und Namen zum Mordfall Zell-Bausig. Der andere, höhere Stapel beinhaltete Vorberichte zur Fußballweltmeisterschaft und Margots Notizen zu einer Kolumne für das JOURNAL, in der sie den bedenklichen Geisteszustand der meisten Männer während der WM zu analysieren gedachte. Auf dem dritten Stapel schließlich hatte sie alles abgelegt, was zur Abteilung Vorausplanung gehörte. Von ihm nahm Margot nun das oberste Blatt herunter und studierte es noch einmal genau.

Es hielt in Stichworten einen Auftrag fest, den Jens Schiller ihr gerade erst telefonisch durchgesagt hatte und der einer von zwei Gründen für Margots Anruf in Ingolstadt war. *Freitag, neunundzwanzigster Mai,* hatte sie notiert, *Ankunft München Hotel Vierjahreszeiten, für zwei Tage. Interview mit Filmstar F. B. wegen dessen neuer Biografie. Buch besorgen.*

»Weil du doch so gut mit Schauspielern umgehen kannst«, hatte Jens geflachst, »vertrauen wir dir auch diesmal. Außerdem darfst du im Münchner Vierjahreszeiten wohnen. Ist doch was, oder?«

Das fand Margot auch, und so hatte sie spontan zugesagt in der sicheren Gewissheit, dass es noch jemanden gäbe, der sich über diesen Auftrag freuen würde. Da aber hatte sie noch nicht bedacht, dass der Termin in München ausgerechnet an einem Wochenende stattfand, und sie hatte noch nicht erfahren, dass Richard zehn Tage später mit Christa in Urlaub fahren würde.

Margot wendete den Zettel missmutig hin und her. Sollte sie Reindl überhaupt Bescheid sagen? Nur, um sich eine Abfuhr einzuhandeln?

Oder aber – und bei diesem Gedanken blitzten Margots Augen kämpferisch auf – sollte sie ihm erst recht Bescheid sagen. Genau, so herum war es. Sie würde ihm freudestrahlend mitteilen, dass sie am kommenden Wochenende in München ist und sich darauf freut, ihn zu treffen. Dann würde sie ja sehen, wie er sich verhielt, woraus sie praktischerweise gleich Rückschlüsse auf sein Interesse an ihr würde ziehen können. Nein, Margot schüttelte energisch den Kopf. Nein, das wäre eine Spur zu gemein. Oder doch nicht?

Das Blatt in ihrer Hand raschelte, als wollte es zu einer Entscheidung drängen. Margot starrte aus dem Fenster auf die alte Linde, aber die wusste auch keinen Rat. »Was soll's«, rief Margot ihr zu, »muss er halt mal eine unbequeme Entscheidung treffen, der gute Reindl. Ich bin schließlich nicht für seine Bequemlichkeit zuständig. Dafür gibt es Fußschemel, Heizkissen und Fernbedienungen. Bin ich vielleicht ein Fußschemel?«

Die Linde wiegte ihre Äste im Wind.

»Eben«, sagte Margot und nahm sich ein frisches Blatt Papier, auf das sie die Fax-Nummer des Klinikums schrieb und die Klinikanschrift von Dr. Richard Reindl.

Der nachfolgende Text war kurz und unmissverständlich. Er lautete: *Habe Neuigkeiten, eine Bitte und einen Vorschlag. Bin den ganzen Tag telefonisch erreichbar. Danke und Gruß. Margot.*

Am frühen Nachmittag endlich, Margot hatte sich gerade Blatt vier ihrer Kolumne vorgenommen, meldete sich Richard Reindl mit einer Stimme, die seine geballte Freude und Erleichterung verriet.

»Grüß dich. Es gibt dich also doch noch«, rief er munter ins Telefon. »Ich hoffe, es sind gute Neuigkeiten, die du für mich hast.«

Das werden wir gleich wissen, dachte Margot. »Hoffe ich auch«, antwortete sie vorsichtig, fiel aber dann doch gleich mit der Tür ins Haus. »Wir können das kommende Wochenende miteinander in München verbringen. Ich werde ab Freitagnachmittag frei sein und kann dann noch bis Sonntagmittag bleiben. Der Verlag spendiert mir das ›Vierjahreszeiten‹. Schick, was?«

»Hm.«

Jetzt knirschen seine Gehirnzellen, dachte Margot und malte Strichmännchen auf die Zeitung, bei zehn würde sie auflegen. Sie war gerade beim siebten angelangt, als sie ein weiteres »Hm« hörte.

»Schau, ich brauch dir nicht zu sagen, wie gerne ich dich sehen möchte«, begann Reindl.

»Dann sag's doch nicht und komm zum Wesentlichen«, unterbrach ihn Margot, die merkte, wie sich in ihrem Nacken die Muskulatur anspannte, »kannst du oder kannst du nicht. Es gibt doch nur diese zwei Möglichkeiten.«

»Schon, aber es ist halt nicht so einfach. Ich versuche, es irgendwie hinzukriegen, wirklich. Herrje, heute ist schon Dienstag.«

»Das wusste ich bereits, aber man kann es ja nicht oft genug hören.«

Margot massierte ihren schmerzenden Nacken. Sie haderte mit sich, dass sie sich und Richard und schließlich auch Christa in diese Situation hineinmanövriert hatte.

»Hör zu«, sagte sie deshalb kurzentschlossen, »schlaf erst noch mal drüber. Ich schlage dir Folgendes vor: am Freitagnachmittag werde ich so oder so zwischen halb fünf und sechs in der Hotel-Lobby Tee trinken und Leute gucken. Und du kreuzt entweder auf oder nicht.«

»Und wenn nicht?«, fragte Reindl, dessen Stimme nun keineswegs mehr munter klang. »Dann fährst du erst mal in Urlaub und wir legen eine Denkpause ein.«

»Kann ich aber nicht, weil ich ununterbrochen an dich denke. Ist das alles schwierig.«

»Und es kommt noch schlimmer«, antwortete Margot forsch, um die aufkommende melancholische Stimmung zu durchbrechen. »Ich wollte dich nämlich darum bitten, eine kleine Recherche für mich zu machen.«

Als Reindl den Hörer auflegte, hatte er nicht nur das schwierige Problem einer fast unmöglichen Wochenendverabredung zu lösen, sondern er hatte auch den Auftrag, sich von der Rezeptionistin der »Pension am Ring« und von der Frau des Mesners das Baby beschreiben zu lassen, das sie gesehen hatten.

24

Mareike Sontner kam Margot auf dem Inselstieg entgegengelaufen, in der Hand ein zerknülltes Taschentuch, die Augen rotverweint. »Danke, dass Sie so schnell gekommen sind. Sie müssen uns helfen, bitte. Sonst wird alles nur noch schlimmer, als es ohnehin schon ist.«

Margot nahm Mareike wortlos am Arm. Sie gingen an dem Rhododendronstrauch vorbei, unter dem bei ihrem ersten Besuch Rudi, der schwarze Kater, gelegen hatte. Diesmal war nichts von ihm zu sehen. Sie passierten die Tür, aus der Marc damals gekommen war. Jetzt war er sicher in der Schule und büffelte uncoole Mathematik oder Geographie oder er musste Balladen lesen anstatt einer ordentlichen Computerzeitung.

Vor Haus Nummer acht stand noch immer der Terracottatopf mit den roten und gelben Stiefmütterchen. Die Haustür war nur angelehnt.

»Dörthe ist bei Mama«, flüsterte Mareike, bevor sie Margot voran auf Zehenspitzen die Treppe hochschlich.

Das Wohnzimmer schien Margot düsterer, als sie es in Erinnerung hatte. Ursache war eine dunkelblaue Markise, die fast die gesamte Terrasse überspannte und den Raum in bläulich-mattes Licht tauchte. Märthe Sontner lag auf der Couch und stöhnte leise, Dörthe kauerte neben ihr. Als sie Margot bemerkte, legte sie den Finger auf die Lippen und stand auf. Sie machte Mareike ein Zeichen, sich zur Mutter zu setzen und bedeutete Margot, eine hölzerne Wendeltreppe hinaufzugehen, die in die oberste Etage führte. Dort gingen von einem kleinen Flur drei Türen ab, deren eine, die linke, Dörthe vorsichtig öffnete und gleich wieder hinter sich schloss. Sie befanden sich in einem Raum, der augenscheinlich als Gästezimmer diente, mit einem weißen Einbauschrank unter der Dachschräge, einem niedrigen Glastisch vor einer Liege und einem Fernseher in der Ecke.

Die beiden Frauen setzten sich nebeneinander auf die Liege und sahen sich betreten an. »Sie ist psychisch zusammengebrochen. Ein Rückfall, den ich mir nicht erklären kann.«

Dörthe sprach sehr leise, sodass auch Margot ihre Stimme senkte.

»Mareike hat mich um Hilfe gebeten«, sagte sie, »aber sie war so durcheinander, dass ich nicht ganz verstanden habe, was eigentlich geschehen ist.«

»Meine Mutter hat gestern gegen Mitternacht vor dem Haus von

Zell-Bausig randaliert, bis die Polizei gekommen ist und sie mitgenommen hat. Sie haben sie in die Psychiatrie gebracht, von wo ich sie vor zwei Stunden abgeholt habe. Leider hat ein Fotograf die ganze Szene vor dem Haus festgehalten. Wir haben nun Angst, dass davon morgen etwas in der Zeitung steht.«

»Und Sie wollen von mir wissen, wie man das verhindern kann.«

»Ja.«

»Gar nicht«, antwortete Margot. »Ich kann aber wahrscheinlich herausfinden«, fuhr sie besänftigend fort, als sie Dörthes bestürztes Gesicht sah, »ob eine Meldung in einer unserer Regionalzeitungen geplant ist. Ein überregionales Blatt wird ja wohl kaum Interesse an diesem Vorfall haben. Auf jeden Fall kann ich Ihnen versichern, dass keine Zeitung den vollen Namen Ihrer Mutter abdrucken wird, und sollte das Foto erscheinen, dann mit einer Blende vor den Augen.«

Hoffentlich, fügte sie in Gedanken an.

»Ihre Bekannten und die Nachbarn werden sie trotzdem erkennen. Das ist schrecklich, das kann ich nicht zulassen.«

Dörthe klammerte sich verzweifelt an Margots Arm. »Sie haben doch Beziehungen. Unternehmen sie irgendetwas. Bitte!«

»Ich versuche es«, sagte Margot, die bereits ihr Gedächtnis durchforstete nach Namen und Kontakten.

»Was wollte Ihre Mutter eigentlich vor dem Haus von Zell-Bausig?«, fragte sie, schon im Aufstehen.

»Angeblich«, antwortete Dörthe müde, »hat sie geschrien: Gebt mir mein Eigentum zurück, ich will mein Eigentum wiederhaben, und weil niemand öffnete, hat sie zum Schluss immer lauter getobt. Die Polizei konnte sie dann gerade noch daran hindern, mit einer Eisenstange auf die Tür loszugehen.«

»Haben Sie eine Ahnung, was sie wiederhaben wollte?«

»Es werden wohl Bilder sein. Aber genau weiß ich es nicht. Sie lehnt es ab, darüber zu sprechen.«

Dörthe legte auch jetzt wieder den Finger auf die Lippen, bevor sie die Tür öffnete und mit Margot ins Wohnzimmer hinunterstieg.

Märthe lag noch immer auf der Couch, den rechten Arm wie schützend über die Stirn gelegt, die Augen geschlossen.

Dörthe begleitete Margot hinaus bis zu dem Jägerzaungatter.

»Ich mache jetzt ein paar Rundrufe«, sagte Margot, »und melde mich dann bei Ihnen. Lassen Sie den Kopf nicht hängen.«

Am späten Nachmittag desselben Tages konnte Margot zu Dörthes und Mareikes Erleichterung Entwarnung geben. Keine der Regionalzeitungen beabsichtigte, in ihrer nächsten Ausgabe über Märthes Ausraster zu berichten, geschweige denn ihr Foto zu drucken.

Danach saß Margot noch lange nachdenklich an ihrem Schreibtisch und starrte auf den Stapel Papier, der alles enthielt, was sie zu dem Mordfall Zacharias Zell-Bausig bisher zusammengetragen hatte. Wusste Märthe mehr darüber, als sie zugab? Schützte sie jemanden und wenn ja, wen?

Für ihren Zusammenbruch in der vorangegangenen Nacht musste es eine Ursache geben und die hatte zweifellos mit Zell-Bausig zu tun. Was war passiert und um welches Eigentum ging es, das sie so beharrlich zurückforderte?

Ich muss noch einmal mit ihr sprechen, sobald es ihr besser geht, dachte Margot und kritzelte *Nach M.S. erkundigen* auf einen dieser praktischen kleinen Notizzettel, wie sie überall in ihrer Wohnung als Erinnerungsstützen herumlagen. Dieser aber würde die Reise nach München mitmachen.

Margot steckte ihn kurzentschlossen zwischen die Seiten der Biografie, die sie als Vorbereitung auf das Interview noch lesen musste und die sie mit Sicherheit mitnehmen würde.

25

Die Münchner Maximilianstraße gilt als feine Adresse. Auf den breiten Bürgersteigen flanieren Damen, deren Diätfiguren in Dreitausendmarkkostümen stecken und an deren makellos manikürten Fingern die obligatorischen Cartierringe blinken. Die Damen tragen Hochglanztüten, deren Aufschrift ihre Trägerin als Kundin der umliegenden Hochglanzgeschäfte ausweist, in denen sich nie mehr als zwei Personen zur gleichen Zeit aufhalten.

Da sich die Maximilianstraße jedoch nicht gänzlich dem schnöden Durchschnittsmenschen verweigern kann, wird sie auch von normalbürgerlichen Autofahrern frequentiert, die sie besonders in den Nachmittagsstunden ganz unvornehm vollstinken, akustisch unterstützt von quietschenden und klingelnden Straßenbahnen. Fußgänger, die den Versuch unternehmen, die Maximilianstraße zu überqueren, hüpfen beim Herannahen dieser Trams davon wie die Hasen, vermutlich in der selbstverständlich unbegründeten Annahme, der

Straßenbahnfahrer könnte, sofern es sich um einen Münchner handelt, zuerst fluchen, bevor er bremst.

Böse Zungen sagen auch den Münchner Taxifahrern nach, sich gerne einer nicht zitierfähigen Sprache zu bedienen, was aber höchstens für die eine Hälfte gelten kann, weil die andere sich knapp und präzise ausdrückt. Was zum Beispiel könnte präziser sein als die Auskunft »Da kennens a laffa« anstatt der umständlichen Erklärung, dass die Tour nicht genug einbringt, weil die Strecke zu kurz ist, man mithin besser laufen soll, anstatt Taxifahrer zu belästigen.

Auf der Maximilianstraße hat die geplagte Spezies der Droschkenkutscher eine Anlaufstelle, die wenigstens hin und wieder eine satte Fahrt zum Flughafen verheißt – das altehrwürdige Hotel Vierjahreszeiten.

Der Besucher, der die Hotelhalle durch eine gläserne Drehtür betritt, bremst nahezu sofort seinen Schritt und dämpft seine Stimme. Und sofern er sich einen Sinn für Nostalgisches bewahrt hat, wird er einige Sekunden innehalten und sich wundern, warum die Herren keine Monokel tragen und er wäre auch nicht erstaunt, kämen ihm Thomas Mann oder Vicky Baum oder Valentino entgegen.

Wieder geerdet, lässt der Besucher seinen Blick schweifen über chintzbezogene englische Sitzgruppen, die in diskretem Abstand voneinander über die gesamte Halle verteilt sind, jede einzelne eingetaucht in den warmen Lichtkegel einer Stehlampe. Die Augen streifen die Hotelrezeption an der rechten Seite der Halle, modern, aber unaufdringlich und in ihrer Wirkung abgefedert durch einen riesigen Gobelin an der Rückwand und sie bleiben schließlich hängen an der breiten Treppe, über die, im hinteren Teil der Halle, jeder schreiten muss, der in sein Zimmer will.

Trifft der Besucher am Nachmittag ein, so wird er Mühe haben, in der Hotelhalle ein ruhiges Plätzchen zum Zeitunglesen zu ergattern, denn dies ist die Zeit für meetings und small-talk bei Kaffee, Tee oder einem Drink. Es ist die Zeit, in der sich die sehen lassen, die davon leben, zur Kenntnis genommen zu werden – Schauspieler, Moderatoren, Politiker, amtierende und ehemalige Chefredakteure, Wirtschaftsbosse, Publizisten.

Dies nun war das Ambiente, das Margot vorfand, als sie kurz nach vier die Hotelhalle betrat, allerdings nicht von der Maximilianstraße aus, sondern von einem Seitenflügel des Hotels. In einem der kleineren Konferenzzimmer hatte sie ihr Interview geführt. Nach vier Stunden konzentrierter Arbeit freute sie sich jetzt darauf, eine halbe Stunde weder reden noch zuhören zu müssen.

Der einzige Tisch, der noch frei war, stand genau gegenüber der Drehtür, die zur Maximilianstraße führte. Margot setzte sich so, dass sie die Halle im Rücken und den Eingang im Blick hatte. Sie legte ihren Recorder und die Biografie, die ihr für das Interview nützliche Dienste geleistet hatte, auf den Tisch und das Handy gleich daneben. Ihre Tasche ließ sie auf den Sessel neben sich fallen.

»Haben Sie einen Wunsch?«, fragte der Kellner, der auf ihr Zeichen hin herangeeilt kam.

»Ja, den Five o'clock tea.«

»Gerne. Welchen Tee wünschen Sie dazu?«

»Earl Grey. Und ein Glas Wasser bitte.«

Margot lächelte dem Kellner zu in Vorfreude auf das Ritual, das gleich beginnen würde und das sie fast ihre gesamten Tagesspesen kosten würde. Sie lehnte sich behaglich zurück und nahm erst jetzt die zwei älteren Männer schräg gegenüber wahr, die in ein Gespräch vertieft waren. Sie kannte beide. Der eine hatte einstmals einem Verlag vorgestanden, war seines Amtes enthoben worden und nannte sich seither Publizist. Der andere war der alte Senft, der geschasste Ex-Chefredakteur des JOURNAL, der sich so verhasst gemacht hatte, dass nicht einmal alte Seilschaften ihn bislang wieder auf die Beine stellen konnten.

Was die wohl auskungeln, die alten Knaben, dachte Margot, die gleichzeitig eine übermütige Lust verspürte, dem alten Senft Pfeffer in die Wunde zu schütten, die sein Rauswurf zweifellos bei ihm hinterlassen hatte. Sie griff kurzentschlossen ihr Handy und wählte die Nummer des Hotels.

»Könnten Sie bitte Margot Thaler vom JOURNAL ausrufen, sie muss in der Halle sein.«

Gleich darauf sah Margot den Bell-Boy in seiner roten Pagenuniform mit einer Tafel und einem Glöckchen von Tisch zu Tisch laufen. Als der Junge an ihrem Tisch ankam, las sie pflichtschuldigst die in Kreide aufgemalte Mitteilung »Tel. für Frau Thaler vom JOURNAL«, sprang auf, lief zur Rezeption und nahm ihr vermeintliches Gespräch entgegen.

Währenddessen hatte sie keinen Moment den alten Senft aus den Augen verloren, der natürlich ihren Namen gelesen und sie dann auch bemerkt hatte und der nun überlegte, ob er sie zur Kenntnis nehmen sollte.

Wirst du schon müssen, Mistkerl, dachte Margot und ging gemessen durch die Halle zurück, wobei sie wie zufällig den alten Senft ansah.

»Na so was. In München stecken Sie also jetzt. Man hört ja rein garnichts mehr von Ihnen«, rief sie aus und lief auf ihn zu.

Senft, ein dürres Männlein mit der Angewohnheit, seinen Kopf vorzustrecken wie eine Schildkröte, machte ein säuerliches Gesicht, stand aber auf, um sie seinem Begleiter vorzustellen. »Frau Thaler, eine Kollegin aus Hamburg«, raunzte er.

»Ehemalige Kollegin«, gab Margot munter zurück. »Sie sind ja nun im verdienten Ruhestand, nicht. Tja, ich muss jetzt was zu mir nehmen. Habe gleich wieder einen Termin. Sie wissen ja wahrscheinlich noch, wie das so ist.« Mit einem Kopfnicken zu dem Publizisten, der das Intermezzo sprachlos mitangesehen hatte, wandte Margot sich um und ließ sich gut gelaunt wieder an ihrem Platz nieder.

Der Kellner schien auf sie gewartet zu haben, denn kaum saß sie, als die Zeremonie begann. Zuerst brachte er den Tee in einer Kanne, die aussah, als sei sie umgekippt.

»Sie kennen das Prinzip?«, fragte der Kellner, der das immer fragte, weil die Leute sonst die Kanne gerade stellten und somit verhinderten, dass der Tee ziehen konnte, was er nämlich nur tat, solange die Kanne schräg stand. »Wenn er Ihnen stark genug ist, richten Sie sie auf«, erläuterte der Kellner weiter, »und vergessen Sie nicht, das Sieb zu benutzen.«

Er deutete auf ein silbernes Teesieb und entfernte sich, um gleich darauf wieder zu erscheinen mit einem dreistöckigen Tablett, das er vor Margot hinstellte, wobei er allerdings versehentlich die Biografie vom Tisch fegte. Sie schlidderte unter Margots Sessel.

»Lassen Sie nur, ich hebe das später auf«, sagte sie, weil sie viel zu sehr damit beschäftigt war, die Köstlichkeiten zu betrachten, die sich in drei Etagen darboten. Zuoberst lagen ein Stück Schokoladenkuchen und ein Apfelplunder. In der Etage darunter vier Weißbrotschnitten, belegt mit Gurken und Tomaten und zuunterst das unweigerliche Scone, ein Rosinenbrötchen, das nach englischer Tradition mit geschlagener Sahne oder einer Creme gegessen wird, die in einem Schälchen gleich daneben stand.

»Haben Sie noch einen Wunsch?«, fragte der Kellner und bückte sich nach einem Zettel neben Margots Sessel. »Nach EmmEss erkundigen«, las er halblaut. »Verzeihung, ist das Ihrer?«

Margot löste sich umgehend von ihren kulinarischen Träumen. »Ja, das ist meiner, er hat in dem Buch gesteckt. Lesen Sie noch mal den Namen, nur den Namen.«

»EmmEss«, las der Kellner erneut und hielt Margot den Zettel hin mit ihrer Notiz *nach M.S. erkundigen.*

»Sie sind ein Genie«, rief Margot strahlend.

Der junge Mann sah sie verlegen an, ehe er mit einer halben Drehung dem Kuchenbuffett zustrebte. Da aber war Margot in Gedanken schon bei Märthe Sontner. Märthe, die beharrlich leugnete, den geheimnisvollen Maler Emes überhaupt zu kennen. War das wirklich denkbar, dass Emes ihr Pseudonym war, zusammengesetzt aus den Anfangsbuchstaben ihres Namens? Und wenn ja, warum verheimlichte sie das?

Margot widerstand dem Bedürfnis, sofort bei Bernd Zazek in Hamburg anzurufen und ihre Entdeckung mit ihm zu besprechen. Erst wollte sie abwarten, welche Neuigkeiten Richard Reindl aus Ingolstadt mitbrachte. Sie sah auf ihre Armbanduhr. Schon fast fünf, es wurde langsam Zeit, dass er auftauchte.

Der alte Senft und sein Begleiter liefen grußlos an ihr vorbei zur Drehtür, Margot biss genüsslich in den Apfelkuchen und behielt den Eingang im Auge.

Wir könnten zusammen ins Theater gehen, überlegte sie, oder in die Oper. Dort wurde »Tristan und Isolde« gegeben, wie sie der Süddeutschen Zeitung entnommen hatte. Aber wäre ein so schwer verdauliches Liebesdrama wirklich das Richtige für den Anfang, sollte sie fünf Stunden Wagner nicht doch lieber den angegrauten Paaren überlassen, die sich schon im Aussitzen erprobt hatten?

Also kein Tristan und keine Isolde, entschied Margot und sah erneut auf die Uhr. Halb sechs schon. Er kommt nicht, schoss es ihr durch den Kopf, er kommt nicht. Dieser Gedanke traf sie umso heftiger, als sie bisher keine Minute daran gezweifelt hatte, dass er die Verabredung einhalten würde. Sie war ja schließlich auch gekommen. Margot bemerkte, dass ihre Hände ein klein wenig zitterten, als sie die letzten Tropfen Tee aus der Kanne in die Tasse laufen ließ. Sie schob das Tablett zur Seite samt Scone und Sahne und versuchte, die Enttäuschung zu bändigen, die langsam in ihr hochstieg. Bleib ruhig, ermahnte sie sich, er hat sich eben anders entschieden, na und. Dann eben nicht. Sie raffte Papiere, Buch, Diktiergerät und Handy zusammen, stopfte alles in ihre Tasche, warf einen letzten Blick zur Drehtür und stand mit einem solch energischen Ruck auf, dass sie eine Sekunde lang benommen stehen blieb.

Blöde Kuh, hämmerte es in ihrem Schädel, du blöde, blöde, blöde Kuh. Sie achtete nicht auf den jungen Kellner, der sie aus zwei Schritten Distanz musterte, sondern lief durch die Halle auf die Treppe zu, beschleunigte ihren Schritt, schloss fast atemlos ihr Zimmer auf und ließ sich endlich rücklings auf ihr Bett fallen.

Sie wartete reglos ab, bis ihr Herzschlag sich verlangsamte und das Wummern in ihrem Kopf nachließ. Dann fasste sie zwei unumstößliche Vorsätze, nämlich erstens schon am nächsten Tag und nicht wie geplant erst am Sonntag abzureisen und zweitens Dr. Richard Reindl komplett aus ihrem Leben zu verbannen, womit sie insofern schon einmal anfing, als sie ihr Adressbuch unter dem Buchstaben R aufschlug und ansetzte, den Namen Reindl samt Adresse und Telefonnummern bis zur Unkenntlichkeit auszustreichen.

Bevor es allerdings dazu kommen konnte, wurde sie durch ein Klopfen unterbrochen.

»Was ist«, fauchte sie und legte das Notizbuch zur weiteren Verwendung aufgeschlagen auf ihr Bett.

»Margot. Margot«, hörte sie Reindl von draußen rufen und sie musste zu seinen Gunsten zugeben, dass er aufgeregt klang.

»Was willst du noch«, rief sie zurück. »Geh, sperr auf. Ich kann nix dafür, dass ich zu spät bin. Ein Laster ist quer gestanden auf der Autobahn.«

Margot, die hinter der geschlossenen Tür stand, hatte plötzlich das Gefühl, als würde sie einen Überschlag mit der Schiffschaukel machen. »*Hat* quergestanden«, sagte sie und öffnete zaghaft, »nicht *ist* quergestanden. Komm rein!«

26

Kommissar Bernd Zazek saß hinter dem Schreibtisch in seinem Dienstzimmer und schraubte bedächtig die Flasche mit den Hustentropfen wieder zu. Dreimal täglich zwanzig Tropfen, hatte sein Hausarzt gesagt, bis die Erkältung weg ist, aber noch besser wären zwei, drei Tage Bettruhe.

»Nö«, sagte Zazek, »wenn ich mich hinlege, dann stehe ich so schnell nicht mehr auf. Außerdem besteht die Gefahr, dass du mich noch bis zur Bettkante verfolgst, um deine Theorien über Anfangsbuchstaben und Pseudonyme loszuwerden. Da bin ich in meinem Büro sicherer, hier habe ich wenigstens Polizeischutz.«

Margot, die Zazek gegenüber ungeduldig auf einem Holzstuhl hin- und herrutschte, schob ihm eine Packung Papiertaschentücher zu.

»Mit deinen verquollenen Augen und deiner Triefnase siehst du zurzeit nicht gerade aus wie jemand, auf dessen Bettkante ich sitzen möchte, mein Lieber. Was ist nun, gibst du meine Vermutung weiter an die Kripo in Ingolstadt oder muss ich mich selbst drum kümmern?«

»Oh nein, das mache ich schon. Ich schicke jetzt gleich einen reitenden Boten aus, versprochen.«

»Warte, da ist noch was.«

»Noch was?«

»Ja. Richard war nämlich …«

»Richard? Ist das dein Südstaatendoktor?«, unterbrach Zazek und legte grinsend den Kopf schief. »Man sieht sich also, so, so. Erfahre ich dazu Näheres?«

»Meinetwegen. Aber erst hörst du mir zu, ohne mich zu unterbrechen. Richard hat nämlich auf meine Bitte hin in Ingolstadt die Mesnersfrau und die Pensionsangestellte gebeten, das Baby zu beschreiben, das sie beide unabhängig voneinander gesehen haben.«

»Eine aufregende Idee«, sagte Zazek ironisch, beugte sich aber interessiert vor. »Und, reicht es für ein Phantombild? Ich schlage als Text vor: Wer kennt diesen Säugling. Er steht in dem Verdacht, den Maler Zell-Bausig ermordet zu haben. Was hältst du davon?«

Margot beugte sich ebenfalls vor und tätschelte Zazeks Hand.

»Muss schlimm sein, so eine Sommergrippe. Darf ich nun ausreden oder nicht? Das Interessante nämlich ist, dass die Frauen gar kein Baby gesehen haben. Sie haben es nur imaginiert. Verstehst du?«

»Nö.«

»Ganz einfach«, fuhr Margot fort, »sie haben eine Frau mit einer Babytragetasche gesehen und logischerweise angenommen, dass sich darin ein Kind befindet. In ihrer Schilderung wurde daraus verkürzt eine Frau mit Baby. In dieser Babytragetasche hat aber vielleicht nicht das gelegen, was man darin vermutet.«

»Sondern etwas weniger Niedliches, ein Pfeil und ein Bogen zum Beispiel«, ergänzte Zazek den Satz. Sein Gesicht war jetzt ernst und konzentriert. »Leider haben wir von der Frau keine brauchbare Beschreibung. Sie war schlank, mehr wissen wir nicht. Kein Alter, keine Besonderheiten und wegen des Kopftuchs, das sie jeweils trug, nicht einmal eine Haarfarbe. Du glaubst, es war Märthe Sontner, oder?«

Margot zögerte mit der Antwort. »So eindeutig nicht. Aber manches spricht gegen sie.«

»Nämlich?«

»Sie hatte ein Motiv. Zell hat sie gedemütigt und betrogen. Und es wäre ihr ein Leichtes gewesen, unbemerkt nach Ingolstadt zu reisen. Sie lebt zurückgezogen und alleine.«

»Was ist mit der Mordmethode? Schließlich ist es nicht ganz einfach, einen Menschen von einer Empore aus mit einem Pfeil zu erschießen.«

Margot nickte. »Das hat mich auch lange beschäftigt. Es gibt dafür nur eine Erklärung: Märthe Sontner hat monatelang im Hamburger Umland geübt, wahrscheinlich im Sachsenwald. Dorthin ist sie vor dem Mord regelmäßig gefahren, angeblich um zu malen. Sie hatte immer Gepäck dabei, Staffelei, Farben, Blöcke. Wieso nicht auch Pfeil und Bogen?«

Bernd Zazek hatte sich wieder hinter seinen Schreibtisch gesetzt. Das Telefon läutete. Er hob den Hörer hoch, legte gleich wieder auf und zwinkerte Margot zu. »Weiter, Frau Kollegin.«

Margot stand auf, drehte ihren unbequemen Holzstuhl um und setzte sich rittlings darauf, sodass sie ihre Arme auf die Lehne stützen konnte. »Dieses Ding ist das scheußlichste Möbel, das mir seit langem zugemutet wurde«, lachte sie, »aber wenn du mir schon einmal freiwillig zuhörst, halte ich auch Sperrmüll aus. Also weiter mit Märthe. Nachdem sie sich das Bogenschießen beigebracht hatte, hat sie Zell mit diesem gefälschten Brief nach Ingolstadt gelockt und …«

»Warum nach Ingolstadt?«, unterbrach Zazek.

»Gute Frage. Das könnte ein Punkt sein, der gegen meine Theorie spricht. Sie hat meines Wissens nie irgendwelche Verbindungen zu Ingolstadt gehabt.«

Zazek winkte ab. »Mach erst mal weiter.«

»Sie fuhr also nach Ingolstadt und tauchte vor der Pension auf, wo er sie entdeckte. Er erschrak, weil er wusste, dass in der Galerie eines ihrer Bilder zum Verkauf stand. Er selbst hatte es dorthin gebracht, selbstverständlich ohne dazu berechtigt zu sein.«

»Halt, halt«, rief Zazek. »Er hatte ein Bild von Emes zum Verkauf angeboten. Du unterstellst jetzt, dass Märthe Sontner tatsächlich Emes ist.«

»Ja, das unterstelle ich«, antwortete Margot, »und zwar aus gutem Grund, wie du weißt.«

Zazek hob beschwichtigend die Hände. »Ist ja gut, was kam dann?«

»Zell-Bausig war offenbar so gründlich erschrocken, dass er das Gemälde am nächsten Tag aus der Galerie abholte und in einem Schließfach am Bahnhof verstaute. Dann fuhr er in die Asamkirche. Märthe hatte sich zu diesem Zeitpunkt schon auf die Empore geschlichen. Sie muss dort oben gewesen sein, denn ich selbst habe Geräusche gehört, als ich alleine in der Kirche war. Das war kurz vor Zells Ankunft. Nachdem sie ihn erschossen hatte, hat sie die Mordwaffe in der Babytragetasche verstaut und ist rausgelaufen. Das war der Zeitpunkt, als die Mesnersfrau sie auf der Treppe vor der Kirche gesehen hat.«

»Vergiss nicht«, sagte Zazek, »dass sie vorher noch einen rosa Stein verloren hat.« Margot schlug mit der Faust auf die Stuhllehne.

»Werd jetzt nicht wieder zynisch, ich mag das nicht. Der Stein kann ein zusätzliches Indiz sein, falls er ihr gehört.«

»Was wir leider bisher nicht beweisen können. So wie wir bisher alles andere auch nicht beweisen können. Auch wenn es noch so schlüssig klingt, was du da vorgetragen hast. Aber wir müssen den Fall ja auch nicht lösen, den schwarzen Peter haben die in Ingolstadt. Und die sind auch nicht blöd, wenn dich das tröstet. Was starrst du mich so an? Wo bist du mit deinen Gedanken?«

»Bei den Beweisen«, sagte Margot leise. »Ich habe eine Idee, wo man suchen müsste. Aber ich glaube, ich will gar nicht, dass Märthe den Mord begangen hat. Sie ist so verletzt und so verloren. Nein, ich hoffe wirklich, dass sie es nicht war.«

Sie stand auf und stellte den Stuhl geräuschvoll wieder in seine ursprüngliche Position.

»Neuerdings so ordentlich?«, lachte Zazek, »erzieht dich dein Richard schon zur kleinen Hausfrau?«

»Du bist ja nicht dicht.« Margot knuffte ihn in die Seite, schulterte ihre Tasche und ging zur Tür, wo sie sich noch einmal umdrehte. »So ist er nicht. Demnächst kommt er mich besuchen, dann führe ich ihn dir vor.«

»Und das Problem mit der Zweiten Liga hat sich geklärt?«

»Ist in Arbeit. Wir haben am Wochenende ausgiebig darüber gesprochen. Wir haben uns in München gesehen, weißt du.« Und wie, fügte Margot im Stillen hinzu, aber das ging Bernd schließlich nichts an. Ehe er weiter unbequeme Fragen stellen konnte, öffnete sie schnell die Tür und huschte mit einem kurzen »tschüss, wir telefonieren« hinaus.

27

Der Dienstag begann mit schlechten Vorzeichen. Einer der seltenen, aber gefürchteten Sommerstürme war in der Nacht mit Windstärke zwölf über die Nordsee gebraust und erreichte Hamburg gegen neun Uhr morgens. Die Bäume bogen sich fast bis zur Erde als suchten sie Deckung vor dem Sturm, der ihre Äste knickte und in hohem Bogen über die Straßen schleuderte.

Margot merkte von all dem nichts. Eingewickelt in ein weißes Laken und zusammengefaltet wie ein Embryo lag sie in ihrem Schlafzimmer auf ihrem Zweimalzweimeterbett und schlief fest. So drang auch das Klappen ihres Fensters, das sie am Abend zuvor nur angelehnt hatte, nicht in ihr Bewusstsein. Erst ein lauter, scheppernder Knall ließ Margot hochfahren, aber da war es schon zu spät. Die Fensterscheibe war in hundert Teile zersplittert, die Glassplitter reichten bis zu ihrem Bett. Margot war so erschrocken, dass sie nicht einmal fluchte. Vorsichtig tastete sie sich mit ihren nackten Füßen aus dem Schlafzimmer zum Telefon. Ein Glaser musste her, so schnell wie möglich.

Der Apparat läutete, noch ehe sie wählen konnte. »Wenn Sie kein Glaser sind, dann legen Sie besser gleich wieder auf«, brüllte sie in den Hörer, noch immer schlaftrunken und mittlerweile mit einem Anflug von Kopfschmerzen.

»Halt die Klappe und hör mir zu. Es gibt Ärger«, blaffte Jens Schiller zurück.

Margot ließ sich auf ihren Schreibtischstuhl fallen. Es musste sich um einen ziemlich großen Ärger handeln, wenn Jens in diesem Ton mit ihr sprach. »Was ist«, sagte sie deshalb knapp.

»Dein Filmstar will das Interview nicht freigeben.«

Margot hörte, wie Jens nervös an einer Zigarette zog.

»Er behauptet, du hast das Wichtigste weggelassen.«

»Ja, sämtliche Ähs und Tausende Ichs«, antwortete Margot gereizt.

»Dann wirst du eben ein paar Ichs reaktivieren, klar.«

Jens ließ keinen Zweifel daran, dass jeder Widerspruch sinnlos war. »Ich habe dem großen Meister eine Überarbeitung zugesagt, du bist also mit deinen gesammelten Unterlagen nach der Mittagskonferenz bei mir und wir beugen uns gemeinsam drüber. Das Ding muss übermorgen erscheinen, Ende.«

Margot hörte ein Knacken in der Leitung, Jens hatte aufgelegt.

Ein schöner Morgen heute Morgen, dachte Margot und es hätte sie nicht überrascht, wenn sich auch noch sämtliche Hamburger Glaser gegen sie verschworen hätten. Das nachfolgende Telefonat beruhigte ihre gereizten Nerven insofern, als ihr eine freundliche Stimme zusagte, spätestens gegen Mittag komme jemand vorbei und ganz bestimmt hätte sie bis zum Abend eine neue Fensterscheibe.

Als es zwei Stunden später läutete, hatte Margot ihre gewohnte Menge Kaffee getrunken, die Interviewunterlagen zusammengesucht, Rachepläne gegen Jens geschmiedet und wieder verworfen und mit Dörthe Sontner telefoniert, die unbedingt noch am Vormittag vorbeikommen wollte.

»Etwas Berufliches«, hatte sie gesagt und Margot hatte sie zu einem zweiten Frühstück gegen halb zwölf eingeladen.

Marmelade, Honig, Butter und eine Käseplatte standen schon auf dem Tresen. Margot nahm daher an, dass es Dörthe war, die da läutete, und so öffnete sie schwungvoll die Türe, völlig unvorbereitet auf eine Begegnung, mit der sie zuallerletzt gerechnet hätte.

Vor ihr stand, blass, übernächtigt und feindselig, Christa Habermann. Sie hatte ihre Hände tief in den Taschen eines grauen Regenmantels vergraben. Ihre kerzengerade Haltung und die fest aufeinander gepressten Lippen verrieten ihre Entschlossenheit, den Kampf mit der Rivalin aufzunehmen.

Er hat also mit ihr gesprochen, war Margots erster Gedanke, den sie zustandebrachte und der zweite überraschte sie selbst. Sie gibt nicht klein bei, dachte sie, sie wehrt sich, das würde ich nicht anders machen. Das aber sagte sie natürlich nicht laut, denn ihr entging nicht, mit welcher Verachtung Christa sie fixierte.

Margot trat wortlos zur Seite, um Christa in die Wohnung zu lassen und lief ihr voraus zur Küche.

»Werfen Sie Ihren Mantel irgendwohin und trinken Sie einen Kaffee mit. Wir sind schließlich erwachsene Frauen und keine Kampfhennen.«

Christa sagte noch immer kein Wort, zog aber tatsächlich ihren Mantel aus und setzte sich auf einen der zwei Barhocker am Küchentresen. Den angebotenen Kaffee allerdings schob sie mit angewidertem Gesicht zurück.

Margot stand ihr gegenüber an der anderen Seite des Tresens. »Er ist nicht vergiftet«, knurrte sie, während sie gleichzeitig versuchte, ihr aufkeimendes schlechtes Gewissen in Schach zu halten.

Christa sah wirklich erbarmungswürdig aus. Ihr dunkelgrünes Wildlederkostüm unterstrich noch die Blässe des Gesichts, die übermüdeten Augen hatten jeden Glanz verloren, das Haar klemmte wie eine Hand voll Stroh in einer Perlmuttspange fest. Die Rosenquarzohrringe, die Richard ihr zum Geburtstag geschenkt hatte, hingen an ihren Ohrläppchen wie eine vergessene Requisite.

Margot hätte sie gerne getröstet, aber ihr fehlten die richtigen Worte. »Weiß Richard, dass sie hier sind?«, fragte sie stattdessen, um das Schweigen zu durchbrechen.

»Nein.« Christa hob den Kopf, sah aber an Margot vorbei. »Es wird ihm auch nicht gefallen. Egal. Er muss zur Vernunft kommen. Und Sie auch.«

Sie zwang sich nun doch, Margot anzublicken. Ihre Augen verengten sich. »Sie passen nicht zu ihm und zu seinem Leben«, sagte sie scharf. »Er braucht seine geregelte Ordnung und seine innere Ruhe. Er ist mit Leib und Seele Chirurg, wussten Sie das? Und wissen Sie auch, was das bedeutet?«

Christa schien keine Antwort zu erwarten. »Natürlich wissen Sie das nicht«, fuhr sie fort, »für euch Journalisten sind das ja alles Halbgötter in Weiß. Was ahnen Sie denn schon von den Ängsten, die ein Chirurg mit nach Hause nimmt, die ihn manchmal nicht schlafen lassen. Was wissen Sie denn schon, wie ihm zu Mute ist, wenn er einen Patienten verliert, erst recht wenn es ein Kind ist? Das schleppt er mit nach Hause, und dort muss jemand sein, der ihm bereitwillig zuhört. Von den unzähligen Feiertagen, Wochenenden und Abenden, an denen er sowieso nicht zu Hause ist, will ich erst gar nicht reden.«

Christa brach ab und sah Margot herausfordernd an. »Ich stelle mir gerade vor«, sagte sie mit einer gehörigen Portion Sarkasmus in der Stimme, »wie unter diesen Umständen abends zwischen Ihnen und Richard die Diskussion losgeht, wer von beiden mit Staubsaugen dran ist.«

»Sie sind also hier, um mich abzuschrecken«, stellte Margot sachlich fest, »wobei Sie zurecht annehmen, dass ich dieses Seelsorgerritual am heimischen Herd erst noch üben müsste.«

»Ich bin hier, um Sie aufzufordern, den Mann in Ruhe zu lassen, mit dem ich sechs Jahre lang harmonisch zusammengelebt habe. Bei Ihnen ist es doch nur die Lust auf was Neues, für uns gerät eine ganze Welt aus den Fugen.«

»Die Lust auf was Neues?« Margot schlug wütend mit der Faust auf den Tresen. »Wofür halten Sie mich? Für ein Groupie? Ich werde …«

Die Türglocke unterbrach sie. Auch das noch, dachte Margot, der erst jetzt Dörthe wieder einfiel. Noch immer in Rage, riss sie die Tür auf – und fiel fast über zwei große Aluminiumkoffer und einen Kleidersack, die auf ihrer Schwelle aufgebaut waren. Dahinter standen Dörthe, die sie arglos anlächelte und Bert Ötting, der sie über seine halbe Brille hinweg musterte und ihr, ehe sie sich versah, einen herzhaften Begrüßungskuss gab.

»Tag Katzenkopf, da bin ich wieder. Südafrika ist auf die Dauer doch ein bisschen zu weit weg.«

Aus den Augenwinkeln sah Margot, wie Christa von ihrem Hocker rutschte und nach ihrem Mantel griff.

»Genau, wie ich es mir gedacht habe, das wird Richard die Augen öffnen«, zischte sie und drängelte sich zwischen Margot und der verdutzten Dörthe vorbei ins Treppenhaus.

»Ihr Ohrring«, rief Dörthe und bückte sich. Christa drehte sich um, griff danach und lief die Treppe hinunter, als sei der Teufel hinter ihr her.

»Was war das?«, fragte Ötting amüsiert, während er seine Koffer mit dem Fuß in die Diele schob.

»Das war möglicherweise das Ende von einem Anfang, der noch nicht einmal richtig stattgefunden hat«, sagte Margot wütend, »musstest du gerade jetzt hier auftauchen, verdammt.«

Bert Ötting wandte sich grinsend zu Dörthe um. »Eigentlich liebt sie mich, sie zeigt es nur nicht gerne. Hm, Kaffee.«

Während er schnurstracks in die Küche lief, blieb Dörthe unsicher in der Diele stehen. »Gab es Streit mit dieser Frau?«, fragte sie.

»Wie bitte?« Margot sah Dörthe verwirrt an. Sie hatte gerade daran denken müssen, wie Richard wohl auf Christas Bericht reagieren würde. Mit Dörthe wollte sie darüber allerdings nicht sprechen.

»Streit«, wiederholte sie deshalb, um Zeit zu gewinnen, »nein, kaum der Rede wert. Nur gut, dass sie ihren Ohrring wiederhat. Den verliert sie nämlich ständig.«

Dörthe nickte. »Ein schöner Stein. Ich kenne mich aus mit Rosenquarz. Jedes Jahr zum Geburtstag bekomme ich ein Schmuckstück von meiner Mutter.«

»Aha.« Margots Gedanken wanderten augenblicklich weg von Richard hin zu dem Rosenquarzstein, den die Putzfrau in der Asamkirche gefunden hatte. »Wann haben Sie denn Geburtstag?«

»Am zwölften Mai.«

Acht Tage nach dem Mord an Zell-Bausig, dachte Margot, aber laut sagte sie nur möglichst beiläufig: »Dann sind Sie also Stier. Herzlichen Glückwunsch nachträglich. Welches Schmuckstück war es denn in diesem Jahr?«

»Keins, leider. Das erste Mal seit Jahren hat meine Mutter diese Tradition unterbrochen. Aber ihr ging es nicht gut, das wissen Sie ja selbst.«

Margot hatte Mühe, ihre Anspannung zu verbergen. Wenn Märthe ihrer Tochter in diesem Jahr keinen Stein geschenkt hatte, dann möglicherweise deswegen, weil sie ihn verloren hatte – vor dem Aufgang zur Orgel in der Asamkirche. Es wurde höchste Zeit, dass sie Märthe noch einmal besuchte. Allerhöchste Zeit.

Margot sah zu Bert Ötting hinüber, der sich inzwischen an einem Käsebrot zu schaffen machte und dem Gespräch der beiden Frauen keinerlei Beachtung schenkte. Dörthe folgte ihrem Blick.

»Ich komme lieber ein andermal wieder, wenn es Ihnen besser passt. Ich wollte mir nur von Ihnen ein paar Tipps holen, wie wir unsere Seminararbeit in der Presse bekannt machen können.«

Margot lächelte sie erleichtert an. Gut, dass sie sich mit diesem Mist heute nicht auch noch befassen musste. »Rufen Sie mich in den nächsten Tagen an«, sagte sie freundlich, »und grüßen Sie Ihre Mutter. Ich würde gerne mal nach ihr sehen.«

»Das ist nett von Ihnen, aber im Augenblick nicht ratsam. Meine Mutter ist noch in einem sehr labilen Zustand, leicht erregbar. Sie muss erst wieder ein wenig zur Ruhe kommen. Ich hoffe, Sie verstehen das.«

»Sie wird erst zur Ruhe kommen, wenn der Mord an Zell-Bausig aufgeklärt ist«, sagte Margot vieldeutig, wobei sie Dörthe fest in die Augen sah. Erneut fiel ihr die verblüffende Ähnlichkeit zwischen Mutter und Tochter auf. Dörthe hielt dem Blick stand. Sie ist entweder wirklich ahnungslos, dachte Margot, oder sie verfügt über eine eiserne Selbstdisziplin.

»Vielleicht«, antwortete Dörthe nur, dann fiel die Tür ins Schloss.

Margot sah auf die Uhr. In spätestens einer halben Stunde musste sie bei Jens Schiller in der Redaktion antreten. Die Zeit würde gerade noch reichen, um Bert Ötting samt seiner Koffer aus ihrer Wohnung zu befördern.

28

Zufrieden betrachtete Bert Ötting sein Werk. Die Folie deckte sauber das Loch in Margots Schlafzimmerfenster ab, das würde halten, bis der Glaser die neue Scheibe einsetzte.

Ächzend richtete er sich aus der Hocke auf und streckte die Beine. Ich muss wieder mehr Sport treiben, dachte er und betrachtete sich in dem Wandspiegel neben dem Kleiderschrank. Unter dem Hemd wölbte sich ein leichter Bauchansatz. Er hatte in den vergangenen Monaten, als er an seinem Buch arbeitete, ordentlich zugelegt und die neunzig-Kilo-Grenze erreicht. Das war zu viel. Und zum Friseur musste er auch mal wieder. Seit er vor zwei Jahren die Fünfzig überschritten hatte, trug er die Haare sehr kurz geschnitten, aber auch so war nicht zu übersehen, dass sich erste weiße Strähnen in das Dunkelblond mischten.

Er trat näher an den Spiegel heran und musterte sich über seine halbe Brille hinweg.

»Du hast täuschend treue Rehaugen«, hatte einmal eine seiner Freundinnen gesagt. Aber welche? Er wusste es nicht mehr. Seit seiner Scheidung hatte es viele Frauen gegeben, zugegebenermaßen auch ein paar davor. Aber von Dauer war keine dieser Beziehungen gewesen. Von Dauer war nur Margot, und das war keine Beziehung, keine Bettgeschichte. Margot, das war eine Institution, eine feste Größe. In den Monaten in Südafrika hatte sie ihm manchmal regelrecht gefehlt. Dass sie ihm jetzt vorwarf, er habe sich zu selten gemeldet, war geradezu albern. Er hatte schließlich zu tun, und wenn man so zueinander stand wie er und Margot, dann musste man doch nicht ständig am Telefon hängen oder gar Briefe schreiben. Wie konnte er ahnen, dass sich da ein neuer Mann einmischte?

Ötting drehte sich vom Spiegel weg und legte Schere, Klebeband und einen Rest Folie auf sein Gepäck, das übereinandergestapelt vor dem Bett stand. Nicht sehr praktisch, dachte er, aber einen anderen Platz gab es vorläufig nicht dafür. Da er ursprünglich geplant hatte, länger in Südafrika zu bleiben, war seine eigene Wohnung in der Oberstraße noch für zwei weitere Monate untervermietet an einen amerikanischen Kollegen, den er nicht einfach vor die Tür setzen konnte.

»Lass dir was einfallen«, hatte Margot geblafft, »hier kannst du jedenfalls nicht bleiben.«

Aber noch ehe sie sich in Rage reden konnte, war ihm dieser Richard zu Hilfe gekommen, unfreiwillig natürlich.

Ötting lächelte in der Erinnerung an das seltsame Telefongespräch vom Vormittag. Auch wenn er nur Bruchstücke davon mitbekommen hatte, wusste er doch, dass es ganz in seinem Sinne verlaufen war, gegen diesen Richard nämlich, der drauf und dran war, ihm Margot zu klauen, der aber zum Glück dumme Fehler machte, die einem Mann bei Margot besser nicht unterliefen. Sie unter Druck setzen! Ha! Es war auch prompt schief gegangen, schon in den ersten Sekunden. Richard hatte glücklicherweise gerade in dem Moment angerufen, als Margot »nicht bleiben« gesagt hatte.

Diese Christa, die da am Morgen an ihnen vorbeigerauscht war, musste noch vom Flughafen aus bei ihrem Herzblatt angerufen haben um ihm mitzuteilen, dass soeben ein Mann mit schwerem Gepäck bei Margot eingezogen sei. Ötting lachte in sich hinein. Kleines Missverständnis, große Wirkung. Jedenfalls hatte er gehört, wie Margot Richard zu erklären versuchte, dass Ötting ein Kollege und langjähriger Freund sei. Danach hatte Margot eine Weile zugehört, dabei aber immer ungeduldiger mit den Fingerspitzen auf die Schreibtischplatte getrommelt.

»Ich soll einen alten Freund vor die Tür setzen«, hatte sie schließlich empört ausgerufen, »nur weil du kein Vertrauen zu mir hast? Kommt nicht in Frage.« Dabei waren entlang ihrer Nasenflügel zwei kleine weiße Streifen aufgetaucht, unter Eingeweihten ein untrügliches Zeichen für eine bevorstehende Explosion. Aber das hatte Richard ja nicht sehen können, und selbst wenn, hätte er es nicht zu deuten gewusst. Also machte er weiter, der Trottel.

»Was soll das heißen, zwei Tage«, hatte Margot gesagt und schließlich »Du wagst es, mir ein Ultimatum zu stellen? Schlimm genug, dass du mir vorschreibst, wen ich in meiner Wohnung aufnehme. Vergiss beides und zwar ganz schnell.« Sie hatte sich zu ihm, Ötting, umgewandt und die Augen verdreht. Da wusste er, sie würde ihn schon aus Trotz nicht rausschmeißen. Was sie dann auch nicht getan hat.

»Mach's dir bequem, und lass den Glaser rein, falls der heute noch auftaucht«, hatte sie ihm nach dem Telefonat zugerufen und war ohne jeden zusätzlichen Kommentar aus dem Haus gestürmt.

Ötting suchte im Kühlschrank nach etwas Essbarem, fand aber nichts nach seinem Geschmack. »Weiberkühlschrank«, maulte er, »nichts als Jogurt, Milch und Grünzeug.«

Er nahm sich vor, Margot zu einem vernünftigen Abendessen einzuladen, falls sie sich bis dahin nicht mit Jens Schiller wegen des Interviews zerfleischt hatte. Das wäre auch eine gute Gelegenheit, sie zu fragen, wer eigentlich die attraktive Blonde war, mit der er am Vormittag vor der Tür gestanden hatte. Und natürlich musste Margot ihm Genaueres über diesen Richard erzählen. Zu mehr als ein paar Stichworten hatte die Zeit bisher ja nicht gereicht.

Ötting ging zurück ins Wohnzimmer und überlegte, ob er sich schon heute bei seinem Verlag zurückmelden sollte oder sich lieber noch eine Atempause gönnte. Er entschloss sich, noch ein paar Tage abzuwarten. Es würde noch früh genug hektisch werden mit diesem neuen Projekt für ein Magazin, das er entwickeln sollte und das so streng geheim war, dass er nicht einmal Margot davon erzählt hatte. Er öffnete das Fenster, beugte sich hinaus und atmete tief die frische Luft ein. Unterhalb des Fensters rangierte ein weißer Lieferwagen, ehe er nach drei Anläufen endlich in der Parkbucht stand.

»Stümper«, murmelte Ötting und hielt nach Margots altem Golf Ausschau. Wo blieb sie denn nur? Es war schon fast sieben Uhr und er hatte Hunger.

29

Weil Ötting immer noch am Fenster stand, als Margot um viertel nach sieben in die Hallerstraße einbog, konnte er später detailliert schildern, was sich in den darauf folgenden Minuten ereignete.

Davon ahnte er allerdings nichts, als er sich jetzt mit beiden Händen auf das Fensterbrett aufstützte und Margot entgegensah. Sie fuhr langsam an den parkenden Autos vorbei, offensichtlich auf der Suche nach einem Platz, wo sie ihren Wagen abstellen konnte. Auf der Höhe des weißen Lieferwagens blieb sie stehen, wendete in einer Einfahrt und fuhr auf der gegenüberliegenden Straßenseite langsam zurück, bis sie in einer Seitenstraße verschwand.

Kurz darauf sah Ötting sie eilig die Straße überqueren. Als sie fast unter dem Fenster angekommen war, entdeckte sie ihn und bog den Oberkörper nach hinten, um ihm zuzuwinken.

Im selben Moment geschah es. Ötting sah einen Gegenstand auf Margot zuschießen, und noch ehe er sich seines Schreckens bewusst werden konnte, hörte er, wie Margot aufschrie. Er sah, wie sie zur Treppe taumelte und auf der untersten Stufe in sich zusammensackte.

Nur am Rande nahm er wahr, dass der weiße Lieferwagen aus der Parkbucht ausscherte und knatternd davonfuhr.

Ötting hastete aus der Wohnung und trat Sekunden später mit klopfendem Herzen auf die Straße, wo sich schon zwei Passanten über Margot beugten. Sie saß mit angezogenen Beinen auf der Treppe und hielt sich ihren linken Arm.

»Hab ich mich erschrocken«, sagte sie nur, als Ötting sich neben sie kniete. Sie deutete auf die Hauswand unterhalb ihres Fensters. »Da drüben liegt was, heb das auf.«

»Sie bluten ja«, sagte einer der beiden jungen Männer, die sich als Erste um sie gekümmert hatten. Margot betrachtete die Schramme oberhalb ihres Handgelenks. »Das ist weiter nichts. Ist noch mal gut gegangen. Danke, dass Sie mir geholfen haben.«

Die beiden sahen sich an, nickten kurz und gingen davon. Unterdessen betrachtete Ötting kopfschüttelnd den Gegenstand, den er vom Boden aufgehoben hatte, dann suchten seine Augen automatisch die Fenster auf der gegenüberliegenden Straßenseite ab.

»Wenn mich nicht alles täuscht, dann ist das ein Pfeil«, sagte er und setzte sich neben Margot auf die Steinstufe. »Irgendein Idiot spielt hier mitten in der Stadt Indianer. Ein bodenloser Leichtsinn. Er hätte dich umbringen können. Wenn du nicht den Arm gehoben hättest, um mir zu winken, dann hätte dieser Pfeil deinen Kopf durchbohrt.«

»Sollte er ja auch.«

»Was?«, rief Ötting, »was wird hier eigentlich gespielt?«

Margot machte eine abwehrende Handbewegung. »Erkläre ich dir alles im Auto. Ich muss sofort in den Inselstieg. Kannst du fahren, bitte? Ich bin noch zu zittrig.«

Sie zog sich an Öttings Arm hoch, nahm ihm den Pfeil aus der Hand und lief zu ihrem Auto. Während Ötting startete, gab sie Bernd Zazeks Büronummer in ihr Handy ein und wartete ungeduldig darauf, dass er abhob.

»Bernd, endlich. Jemand hat auf mich geschossen, mit einem Pfeil. Und ich ahne, wer es war. Wir müssen uns sofort bei Märthe Sontner treffen. So schnell es geht. Und wenn du nicht kommst, gehe ich alleine hin.«

»Das wirst du schön bleiben lassen. Also gut, ich komme. Bist du verletzt?«

»Kaum der Rede wert.«

»Wo ist das passiert?«

»Vor meiner Wohnung. Den Pfeil habe ich hier, ich bringe ihn mit. Wir treffen uns am Inselstieg vor dem Eingangstor. Beeil dich.«

»Da stimmt was nicht«, sagte Margot, nachdem sie aufgelegt hatte. Sie sprach mehr zu sich als zu Ötting. »Der Pfeil kam nicht von oben aus einem der gegenüberliegenden Fenster. Ich habe ihn dicht neben meinem Kopf vorbeisausen sehen. Er lag fast gerade. Wäre er von oben abgeschossen worden, hätte die Pfeilspitze nach unten zeigen müssen. Märthe muss also näher dran gewesen sein, irgendwo auf der Straße. Aber wieso haben wir sie dann nicht gesehen? Und wieso hat sie mich verfehlt, wenn sie den Maler sogar von der Empore aus getroffen hat? Irgendetwas passt da nicht zusammen.«

Ötting schlug nervös aufs Lenkrad. »Märthe, Maler, Empore«, knurrte er, »abgesehen davon, dass ich kapiert habe, dass du deine Nase schon wieder in ein Wespennest gesteckt hast, verstehe ich überhaupt nichts. Ich wäre ganz gerne informiert, bevor das nächste Wurfgeschoss angeflogen kommt.«

Margot sah ein, dass er Recht hatte, und so erzählte sie ihm während der Fahrt zum Inselstieg alles, was sie über den Mordfall Zell-Bausig wusste oder vermutete.

Kommissar Zazek lehnte an dem Jägerzaungatter und wiegte missbilligend den Kopf, als Margot ihm mit dem Pfeil in der Hand entgegenlief. Ötting hatte angeboten, im Wagen zu warten.

Margot, die wusste, dass sie eine Moralpredigt wegen ihres angeblichen Leichtsinns erwartete, hatte beschlossen, Zazek den Wind aus den Segeln zu nehmen.

»Jawohl«, sagte sie deshalb, als sie etwas außer Atem neben ihm stand, »mein bodenloser Leichtsinn wird mich noch einmal Kopf und Kragen kosten. Für Ermittlungen ist die Polizei zuständig und da habe ich mich nicht einzumischen.«

»Bla bla«, maulte Zazek, »zeig her.«

Er nahm ihr den Pfeil aus der Hand und musterte ihn eingehend. »Hm« knurrte er dabei mehrmals, bevor er ihn ohne ein zusätzliches Wort in der Innentasche seines Regenmantels verschwinden ließ.

»Ist das alles, was dir dazu einfällt?«, fragte Margot.

»Das ist alles, was ich vorläufig dazu sagen möchte. Es wäre mir übrigens lieber, wenn du mich da alleine reingehen ließest.«

»Aber es war mein Kopf, auf den heute gezielt wurde, und deswegen gehe ich da jetzt mit.« Sie deutete auf das weiße Klinkerhaus, reckte das Kinn vor und lief zielstrebig los.

Zazek holte sie rasch ein und hielt sie mit festem Griff zurück. »Unter einer Bedingung. Du überlässt das Fragen mir und hältst dich zurück, klar?«

Sie waren an Haus acht angekommen und läuteten. Es dauerte eine

Weile, bis sie Schritte auf der Treppe hörten, unmittelbar darauf wurde die Tür geöffnet.

»Ja bitte?«, fragte eine Frau, die Margot noch nie zuvor gesehen hatte. Zazek stellte sich vor und zeigte seinen Dienstausweis.

»Wir möchten mit Frau Märthe Sontner sprechen.«

»Die schläft«, antwortete die Frau kurz angebunden. Sie war höchstens vierzig, klein und stämmig.

»Dann wecken Sie sie«, gab Zazek ebenso kurz zurück.

»Es wäre aber besser, wenn sie weiterschläft. Sie hatte heute keinen guten Tag.«

»Woher wissen Sie das«, fragte Zazek, »waren Sie denn den Tag über hier?«

Die Frau machte ein beleidigtes Gesicht. »Wollen Sie mich kontrollieren oder was? Selbstverständlich war ich hier, seit heute Morgen um elf. Neun Stunden Hauspflege pro Tag, so ist es ausgemacht mit der Tochter. Sie müsste gleich kommen, um mich abzulösen.«

Zazek sah sie überrascht an. »Heißt das, Frau Sontner hat heute nicht ein einziges Mal das Haus verlassen?«

»Bestimmt nicht. Wie soll sie denn ausgehen, wenn sie noch nicht einmal zu Hause ohne Aufsicht bleiben kann. Die Unruhe immer, wissen Sie.«

Es entstand eine Pause, in der Zazek und Margot betretene Blicke wehselten.

»Wenn es so ist«, sagte Zazek schließlich, »dann möchte ich mich nur kurz vergewissern, dass Frau Sontner wirklich zu Hause ist, bevor wir Sie in Ruhe lassen.«

Die Pflegerin machte einen spitzen Mund, ging aber zur Seite, um Zazek ins Haus zu lassen. Keine fünf Minuten später trat er wieder aus der Tür, wo Margot auf ihn gewartet hatte.

»Sie liegt oben in ihrem Schlafzimmer«, sagte er ernst. »Margot, es war nicht Märthe Sontner, die auf dich geschossen hat.«

30

Die weiße Villa des Reeders Reimar Rahmsen und seiner Ehefrau Gudrun lag an der vornehmen Hamburger Elbchaussee. Eine Auffahrt führte zu dem Eingangsportal, das von zwei Säulen eingerahmt war. Zwischen diesen Säulen stand nun Gudrun Rahmsen in Erwartung ihrer Besucher, die sich gerade eben äußerst kurzfristig angekündigt hatten.

Gudrun trug ein beigefarbenes Sommerkleid mit Spaghettiträgern und hatte als Schutz gegen die Abendkühle ein braunes Kashmeretuch über die Schultern gelegt. Es dämmerte bereits und Gudrun war froh, dass Reimar zu geschäftlichen Besprechungen in England war. Er liebte es nicht, wenn sich unverhofft Gäste einfanden, schon gar nicht zu vorgerückter Stunde. Dies allerdings war ein Notfall, und das hätte möglicherweise selbst Reimar akzeptiert.

Gudrun hörte ein Motorengeräusch und sah gleich darauf, wie Margots alter Golf von der Straße abbog und knirschend auf sie zukam. Als er neben ihr anhielt, erkannte sie Bert Ötting am Steuer, daneben saß Margot, und der grauhaarige Mann auf dem Rücksitz musste der Kommissar sein, von dem Margot ihr schon öfter erzählt hatte.

»Auf dass das Haus voll werde«, rief Gudrun den Ankömmlingen zu und führte sie in eine riesige Diele, von der aus eine geschwungene Freitreppe nach oben führte. Sie folgten Gudrun in ein großes Zimmer, das ausschließlich weiß möbliert war und dessen Fenster den Blick freigaben auf die Elbe.

Wenig später saßen alle vier in bequemen englischen Sesseln um einen runden Tisch herum, jeder mit einem Glas in der Hand, und Kommissar Zazek erklärte Gudrun in der bedächtigen Ruhe, die für ihn typisch war, warum Margot für die nächsten Tage in das Gästezimmer der Rahmsens einziehen sollte. »Wir müssen davon ausgehen, dass der Bogenschütze ihr noch einmal vor ihrer Wohnung auflauert, sie ist dort nicht sicher, bis wir ihn gefasst haben.«

»Oh mein Gott«, stammelte Gudrun sichtlich erschrocken, »warum lässt du dich auch nur auf solche Sachen ein, Margot. Natürlich kannst du hier wohnen, solange du willst, ich habe genug Platz.«

Margot, die bisher ungewohnt schweigsam zugehört und auf ihren Gin-Tonic gestarrt hatte, deutete mit dem Kopf zu Ötting.

»Könnte vielleicht diese tragende Säule des Journalismus auch hier bleiben? Ich will nicht, dass er in meiner Wohnung als lebende Zielscheibe rumläuft.«

»Ihr wohnt jetzt zusammen?«, fragte Gudrun und selbst der Ernst der augenblicklichen Situation konnte nicht verhindern, dass sie lächeln musste.

»Ehe auf Probe«, sagte Ötting und prostete Margot zu, die sich mit dem Zeigefinger an die Stirn tippte.

»Er hat sich eingenistet«, antwortete sie, »weil er früher als geplant aus Südafrika zurückgekommen ist und seine Wohnung noch untervermietet hat. Er hat mich mal wieder gebraucht, das ist alles. Im Übrigen bin ich seit kurzem so gut wie vergeben.«

»Bist du nicht«, rief Ötting, »ihr habt euch gestritten und außerdem ist er viel zu weit weg.«

»Wir haben uns wieder versöhnt und außerdem gibt es Flugzeuge und Züge.«

»Schluss jetzt.« Bernd Zazek war aufgestanden und sah erbost auf die kleine Gesellschaft hinunter. »Wir haben nun wirklich andere Sorgen. Außerdem wird es langsam spät und ich will noch mal ins Präsidium. Wir verfahren folgendermaßen: Margot, du bleibst hier in diesem Haus, bis du von mir hörst. Binden Sie sie notfalls am Bett fest, Frau Rahmsen. Sie, Herr Ötting, kommen morgen Vormittag um neun zu Margots Wohnung und schildern mir genau und in allen Einzelheiten, was Sie beobachtet haben. Das wär's fürs Erste. Gute Nacht.«

Ohne sich noch einmal umzudrehen, ging er in langen Schritten in die Diele, wo Margot ihn einholte und ihn liebevoll unterhakte. »Willst du etwa laufen?«

Erst jetzt fiel Zazek ein, dass sie gemeinsam in Margots Auto gekommen waren. Margot schob ihm grinsend ihren Autoschlüssel in die Hand.

»Da ich Ausgehverbot habe, brauche ich den vorläufig nicht. Und danke für alles, du bist ein wunderbarer Freund.«

»Na gut. Ötting kann dir den Wagen morgen nach der Tatortbesichtigung zurückbringen«, grummelte Zazek versöhnt, »dann kann er auch gleich ein paar Klamotten für dich einpacken und was du sonst noch brauchst.«

»Und seine Aluminiumkoffer«, erwiderte Margot, »nochmal kommt der mir damit nicht in die Wohnung, das stört mein Liebesleben.«

Sie schloss sorgfältig hinter Zazek ab und sah auf die Uhr. Schon bald zehn. Um elf wollte Richard sie über Handy anrufen, zum Gutenachtsagen. Nach ihrem Streit am Vormittag hatte er sich noch einmal gemeldet und sich für seine heftige Reaktion entschuldigt. Das Thema Christa hatten sie bewusst vermieden. Margot wollte Richard weder drängen noch beeinflussen. Sie wusste, wie sehr ihm dieser geplante Urlaub mit Christa auf der Seele brannte und dass er davor zurückscheute, ihn abzusagen, dass es ihm aber auch andererseits davor graute, ihn anzutreten. Margot konnte ihm diese Entscheidung nicht abnehmen.

»Margot, bist du da?« Gudruns Stimme klang so ängstlich wie die einer Mutter, deren Kind im Dunkeln in den Wald gelaufen ist.

»Nur noch halb. Ich bin todmüde.« Margot lief ins Wohnzimmer und gähnte demonstrativ.

»Ich zeige dir dein Zimmer«, sagte Gudrun. »Und Ihr Zimmer, Herr Ötting, liegt genau gegenüber.«

31

Margots Wohnung befand sich in der ersten Etage eines dreigeschossigen Altbaus. Wie viele alte Bürgerhäuser verfügte es neben einem Vordereingang auch über einen Hintereingang, der von einem Innenhof aus zu erreichen war.

Zazek hatte sich schon früh am Morgen genau umgesehen und herausgefunden, dass er den Innenhof von einem schräg gegenüberliegenden Haus aus betreten konnte, dessen Vordereingang wiederum in der Hochallee lag, die sich mit der Hallerstraße kreuzte. Um acht Uhr hatte er dann Margot aus dem Bett geklingelt und sich vergewissert, dass an ihrem Schlüsselbund auch ein Schlüssel hing, der zu dem Hintereingang passte. Er hatte ihr die Adresse des Hauses in der Hochallee gegeben, das an den gleichen Innenhof grenzte wie Margots Wohnhaus und hatte ihr aufgetragen, Ötting zu bestellen, dass er sich um neun Uhr dort einfinden solle.

Tatsächlich war Ötting kurz nach neun erschienen. »Sie rechnen also damit, dass jemand Margots Eingang in der Hallerstraße observiert«, sagte er und hielt Zazek die schwere Holztüre auf.

Sie betraten einen dunklen Flur, der nach wenigen Schritten im Treppenhaus mündete. »Damit rechne ich, ja. Deshalb ist es besser, wenn wir uns dort nicht sehen lassen«, antwortete Zazek.

An der Wand neben dem Treppenaufgang waren sechs Briefkästen angebracht. Zazek klimperte mit dem Schlüsselbund, fand endlich den Briefkastenschlüssel und entnahm Margots Post. Während sie die Stufen zu ihrer Wohnung hochstiegen, drehte er jeden einzelnen Brief von vorne nach hinten und wieder zurück. »Alles harmlos«, murmelte er und drückte Ötting den Stapel in die Hand. »Da, nehmen Sie ihr das mit.«

In Margots Wohnung war alles unverändert so, wie Ötting es am Tag zuvor zurückgelassen hatte. Die beiden Männer gingen zielstrebig zu dem Fenster im Wohnzimmer, von dem aus Ötting den Anschlag auf Margot beobachtet hatte. Zazek forderte Ötting auf, jede Einzelheit zu wiederholen und nichts auszulassen, auch wenn es ihm unwichtig erschiene.

Ötting öffnete also das Fenster, stützte beide Arme auf den Sims und atmete tief ein. »Ich stand so da«, begann er, »und hielt nach Margot Ausschau. Es war kurz nach neunzehn Uhr, ich hatte Hunger. Auf der Straße fuhren kaum noch Autos, dafür waren wie üblich alle Parkplätze am Straßenrand belegt. Ich weiß noch, dass ich mich ärgerte, weil ein weißer Lieferwagen den einzigen freien Platz hier unten besetzte. Er fiel mir auch auf, weil er drei Anläufe brauchte, bis er endlich stand.« Ötting stockte und sah nach unten. »Komisch, da steht er ja schon wieder.«

Zazek trat neben ihn und äugte auf die Straße, vorsichtig darauf bedacht, nicht entdeckt zu werden. »Ist das wirklich derselbe?«

»Ja. Ein weißer Lieferwagen mit abgedunkelten Scheiben. Das muss er sein.«

»Wieso sagen Sie, er steht schon wieder da«, fragte Zazek, »es ist doch möglich, dass er noch immer da steht. Vielleicht wohnt der Besitzer hier oder er hat hier sein Geschäft.«

»Möglich. Aber ich weiß, dass er gestern wieder wegfuhr. Ich hatte das nicht weiter beachtet, aber ich erinnere mich genau.«

»Wann fuhr er weg?«

»Lassen Sie mich nachdenken«, sagte Ötting und starrte weiter auf die Straße. »Es muss gleich nach dem Angriff auf Margot gewesen sein. Ich hörte sie aufschreien und sah, wie sie sich auf die Steintreppe setzte. Zwei junge Männer liefen zu ihr und beugten sich über sie. Ich stand zunächst wie gelähmt hier am Fenster und da bemerkte ich, wie der Lieferwagen wegfuhr. Ja, das war unmittelbar, bevor ich runtergelaufen bin. Dabei fällt mir erst jetzt auf, dass ich niemanden habe ein- oder aussteigen sehen.«

»Das ist allerdings seltsam«, bestätigte Zazek. »Behalten Sie den Wagen im Auge und notieren Sie das Kennzeichen, falls er wegfährt. Ich fordere jetzt zwei Streifenwagen an, die sollen sich unseren Kandidaten mal genauer ansehen.«

Ötting hörte, wie Zazek im Hintergrund telefonierte, dann fiel die Tür ins Schloss.

Zwei Minuten später entdeckte Ötting ihn schräg gegenüber auf der anderen Straßenseite. Er hatte offenbar wieder den Weg über die Hintertür genommen und stand nun mit dem Rücken zur Straße vor dem Schaufenster einer Boutique, als wolle er sich die Auslagen ansehen. Wiederum zwei Minuten später bogen zwei Streifenwagen aus der Hochallee in die Hallerstraße ein. Sie fuhren langsam und geräuschlos von hinten an den Lieferwagen heran und keilten ihn ein. Zwei Polizisten und zwei Polizistinnen stiegen aus und umkreisten den Wagen.

Kommissar Zazek überquerte jetzt die Straße, machte den Uniformierten, die ihn offenbar kannten, ein Zeichen und öffnete die Fahrertür. Ötting konnte von seinem Fensterplatz aus den Fahrer nicht sehen, aber er beobachtete, wie Zazek auf jemanden einredete und wie er dann die beiden Polizistinnen heranwinkte. Sie zogen gemeinsam eine junge Frau hinter dem Lenkrad hervor, die Ötting bekannt vorkam, obwohl er sich andererseits sicher war, sie nie zuvor gesehen zu haben. Sie war groß gewachsen, sehr schlank und sehr blond. Die Polizistinnen hatten sie jetzt aus dem weißen Lieferwagen bugsiert und hielten sie von beiden Seiten fest, wobei die junge Frau sich passiv verhielt und keine Anstalten machte, sich zu wehren oder wegzulaufen. Sie ließ sich zu dem vorderen der zwei Polizeiautos schleppen, ließ sich auf den Rücksitz schieben und war wenig später, begleitet von einem Beamten und einer Beamtin, auf dem Weg ins Präsidium.

Zazek war unterdessen in den Lieferwagen eingestiegen und winkte nun die zwei verbliebenen Beamten heran. Sie besprachen etwas, wobei sie immer wieder auf das Auto deuteten. Die Beamten nickten mehrmals, dann drehte Zazek sich um und ging zurück ins Haus. Ötting verließ seinen Platz am Fenster und kam Zazek an der Wohnungstür entgegen.

»Mareike Sontner«, sagte der, noch etwas atemlos vom Treppensteigen.

»Das junge Ding wollte Margot umbringen?« Ötting war fassungslos.

Zazek strich sich durch seinen grauen Haarschopf. »Schwerlich«, grummelte er, »zwar hatte sie einen stattlichen Bogen dabei, aber mit den selbstgeschnitzten, stumpfen Pfeilchen, die danebenlagen, kann man nicht einmal ein Kaninchen umbringen. Der Pfeil von gestern sah genauso aus.«

»Was wollte sie damit erreichen?«

»Das werden wir hoffentlich bald wissen.«

»Und was nun?«

»Der Wagen wird genau unter die Lupe genommen, Mareike wird verhört und in diesen Minuten sind zwei Kollegen unterwegs zum Haus ihrer Mutter, wohin ich mich jetzt auch umgehend begeben werde. Hier sind Margots Autoschlüssel, der Golf steht weiter oben in der Hansastraße. Auf diese Weise haben Sie Gelegenheit zu einem netten kleinen Morgenspaziergang.«

Zazek drückte Ötting die Schlüssel in die Hand. »Und halten Sie Margot zurück. Oder besser noch, überreden Sie sie, für ein paar Tage zu verreisen, vielleicht mit ihrer neuen Liebe als Aufpasser.«

»Einen Teufel werde ich tun«, knurrte Ötting. Aber das hörte Kommissar Zazek nicht mehr.

32

Zur gleichen Zeit frühstückte Margot vor dem großen Panoramafenster im Salon der Rahmsens. Sie biss herzhaft in ein Marmeladenbrötchen und betrachtete die Kähne, die durch die Elbe pflügten. »Für diesen Blick könntest du Eintritt verlangen«, sagte sie zu Gudrun, die ihr gegenüber saß und sich die Lippen an einer handtuchgroßen Stoffserviette abtupfte.

»Als Frau Ötting würdest du auch an der Elbe wohnen können«, antwortete sie in einem Tonfall, in dem milder Tadel mitschwang. »Erst gestern Abend hat Bert mir unter vier Augen anvertraut, dass er demnächst wieder einen hoch dotierten Posten als Chefredakteur antritt und dass er sich eine angemessene Bleibe suchen will, in der auch eine Frau Platz hätte.« Sie sah Margot eindringlich an. »Hast du gehört. Eine Frau! Ich wüsste da schon eine, hat er gesagt, die zu mir passt wie handgeschnitzt.«

»Hoch dotiert! Angemessen! Handgeschnitzt!«, schnaubte Margot, die viel lieber gewusst hätte, was Zazek gerade trieb, »weißt du was, der gute Bert hat viel eher dich gemeint als mich. Tatsächlich du, der hat dich angemacht wegen deiner schönen Aussicht.«

Gudrun knüllte empört die Serviette zusammen. »So ein Unsinn. Ich bin doch verheiratet.«

»Och, das stört Bert nicht. Wenn er nur haben kann, wonach ihm gerade ist. Ist ja auch nicht für immer. Bert ist ein Saisonmensch. Kann sein, dass ihn sein kreativer Sinn schon bald wieder ganz woandershin treibt. Er findet, dass ihm das zusteht, so außergewöhnlich wie er ist.«

Gudrun setzte ein beleidigtes Gesicht auf. »Du willst mich nur verulken, Margot. Du musst doch schon gemerkt haben, dass er bei dir vor Anker gehen will. Mein Gott, der Mann hat genug vom Herumziehen. Der möchte zur Ruhe kommen. Und dir würde das auch nicht schaden.«

»Aber wehe, wenn er sich genug ausgeruht hat«, entgegnete Margot gerade, als beide die Eingangstüre hörten und sich umdrehten.

»Ah, da seid ihr«, rief Bert Ötting von der Diele aus und lief mit langen Schritten auf die beiden zu, wobei sein Rehblick über die randlose halbe Brille hinweg an dem Fensterpanorama hängen blieb. »Wunderschön, wunderwunderschön. Ist das die Fähre nach Newcastle, die da gerade vorbeizieht?«

Margot gab Gudrun einen Schubs unter dem Tisch und sah gleichzeitig so verzückt wie möglich zu Ötting hoch.

»Das ist sie, mein lieber Schatz. Wollen wir uns auch ein Nest an der Elbe bauen? Dann könnten wir andauernd Schiffchen gucken.«

Bert Ötting setzte sich so ruckartig in den nächststehenden Sessel, als hätte ihn jemand von oben hinuntergedrückt. Er sah von Margot zu Gudrun und wieder zu Margot.

»Sie hat dir von unserem Gespräch gestern Abend erzählt«, sagte er schließlich. »Diese Reaktion allerdings hätte ich nicht erwartet. Da muss ich mich erst sammeln.«

»Was glaubst du, wie ich mich erst sammeln musste«, legte Margot nach und schubste Gudrun erneut unter dem Tisch an, diesmal fester. Was so viel heißen sollte wie: Achtung, jetzt kommt's.

»Richard wäre mir erst gar nicht passiert«, an dieser Stelle entschuldigte sich Margot insgeheim bei Richard, »wenn ich vorher gewusst hätte, dass du dir mich als Ehefrau vorstellen kannst. Noch dazu als deine.«

Margot glaubte, einen hauchdünnen Schweißfilm auf Berts Stirn zu entdecken, lächelte ihn aber unverwandt so an, wie sie glaubte, dass eine zukünftige Ehefrau zu lächeln hat. Bert allerdings strahlte nicht unbedingt das Glück eines zukünftigen Ehemannes aus. Vielmehr schob er seine Krawatte zurecht, ruckelte an seiner Brille und räusperte sich.

»Dir mich«, stotterte er, »ich meine mich dir, ähm, mir dich als …«

»Genau«, fuhr Margot fort, »du hättest doch schon mal früher ein Wort sagen können. Über deine ernsten Absichten, meine ich. Was hältst du von dem hübschen alten Standesamt in Altona. Oder das in Aumühle. Das liegt so schnuckelig im Wald.«

»Wie? Standesamt?«, sagte Bert und sah wieder von Margot zu Gudrun und zurück.

»Du hattest wohl Recht«, flüsterte Gudrun Margot zu, während sie Bert missbilligend musterte. Eigentlich, dachte sie, habe ich ja immer schon gewusst, dass er ein eitler, selbstgefälliger Egomane ist, aber Margot wäre mit ihm fertiggeworden. Geschieht ihm recht, wenn er sie verpasst.

»Nun sieh ihn nicht so an«, rief Margot lachend, sah dabei aber zu Bert hinüber, der noch immer im Schockzustand verharrte. »Entspann dich, mein Lieber. Du bist nur Opfer einer Demonstration am lebenden Objekt geworden. Ich will dich nicht ehelichen, aber dein zeitlich befristetes Zugehplätzle werde ich auch nicht, um das gleich klarzustellen. Bleib lieber, was du bist: mein Freund, und zwar der Ätzendste von allen.«

33

Diesmal schlief Märthe Sontner nicht. Sie lag, den Kopf auf zwei Federkissen gestützt und eingehüllt in einen langen, blauen Hausmantel auf ihrem Bett und starrte zur Decke.

Kommissar Zazek sah verstohlen auf seine Armbanduhr. Seit einer guten Viertelstunde schwieg sie nun schon, wie versteinert von dem, was ihr seine beiden Kollegen mitgeteilt hatten. Er hatte die beiden weggeschickt, sich einen Hocker neben Märthes Bett geschoben und abgewartet.

»Frau Sontner«, sagte er jetzt leise und war doch erschrocken über seine Stimme, die in der Stille dieses Schlafzimmers immer noch zu laut klang. Sie drehte den Kopf und sah ihn an mit ihren großen, blauen Augen. Margot hat Recht, dachte Zazek, sie sieht verletzt und zerbrechlich aus.

»Mareike«, sagte sie, »das dumme, liebe Kind. Sie hatte nichts Böses im Sinn. Nur Gutes. Gutes für mich. Sie wollte mich beschützen. Sie lassen sie doch wieder frei?«

Zazek überlegte, wie direkt er vorgehen sollte und entschied sich für sehr direkt.

»So einfach ist das nicht, Frau Sontner. Ihre Tochter hat mit der gleichen Tatwaffe, mit der Zacharias Zell-Bausig am vierten Mai in Ingolstadt ermordet wurde, gestern einen fehlgeschlagenen Anschlag auf Margot Thaler verübt, vor zwei Stunden hat sie es noch einmal versucht. In dem Lieferwagen, den sie fuhr, haben wir einen Bogen sichergestellt, der Spuren von weißem Lack enthält. Die Laboruntersuchung wird ergeben, da halte ich jede Wette, dass der Lack von der Brüstung der Orgelempore in Ingolstadt stammt.«

»Das ist richtig.« Märthe Sontner setzte sich auf, wobei sie sich mit einem Arm abstützen musste. Sie presste die Lippen zusammen, als forderte dieser Vorgang ihre letzten Kräfte, ließ ihre Beine aus dem Bett gleiten und atmete einmal tief durch. Ihre Hände umklammerten die Bettkante. Sie straffte sich und sah Zazek in die Augen.

»Das ist richtig«, wiederholte sie. »Der Bogen ist der, den ich benutzt habe, als ich diese Kellerassel Zell-Bausig vernichtet habe. Aber einen passenden Pfeil dazu haben Sie mit Sicherheit nicht gefunden. Es gibt keinen mehr, zumindest nicht in meinem Besitz. Den letzten habe ich benutzt für meinen Meisterschuss. Ja, das war er, ein Meisterschuss.«

Zazek musste an den primitiven Pfeil denken, den Mareike auf Margot abgeschossen hatte. Wer, dachte er, beschützt hier wen? Mareike ihre Mutter? Oder umgekehrt?

»Aber wir haben den Bogen bei Mareike gefunden, nicht bei Ihnen«, wandte er ein.

»Weil sie ihn mir weggenommen hat. Heimlich, aus meinem Malzimmer. Mareike wusste als Einzige, dass ich den Schlüssel immer unter meinem Kopfkissen aufbewahre.«

Zur Bestätigung griff Märthe unter ihre Kissen und hielt einen schmalen Schlüssel hoch. »Ich hätte diesen verdammten Bogen vernichten sollen«, fuhr sie wie in Gedanken fort, »zerhackseln. Aber ich habe es nicht fertig gebracht. Er ist ein Erbstück von meinem Großvater. Der war ein begeisterter Sportschütze, hat mich oft mitgenommen. Da habe ich es gelernt, das Zielen und Treffen. Musste es nur wieder ein bisschen auffrischen.«

Du kannst mir viel erzählen, dachte Zazek, der Opa ist sowieso tot und kann nicht mehr dazu gehört werden. »Wieso«, fragte er und gab sich nicht die geringste Mühe, seine Skepsis zu verbergen, »sollte Ihre Tochter Mareike den Bogen aus Ihrem Zimmer stehlen? Das macht keinen Sinn.«

»Oh doch, das macht Sinn.« Märthe stand langsam auf und lief mit unsicheren Schritten zu ihrem Kleiderschrank, öffnete die rechte Tür und entnahm ihr eine Flasche Cognac. »Wollen Sie auch einen?«

Zazek verneinte und wartete gespannt, ob sie die Gläser im Schuhschrank versteckt hatte. Wie sich zeigte, war Märthes Lösung viel weniger umständlich, sie füllte den Cognac einfach in die Verschlusskappe der Flasche, trank, füllte nach, trank noch einmal. Dabei spülte sie jedesmal auch eine kleine, runde Tablette mit hinunter.

»Jetzt bin ich bereit«, sagte sie und setzte sich wieder aufs Bett. Zazek runzelte irritiert die Stirn. »Bereit?«

»Ja. Bereit. Sie sollen mein kleines Mädchen nicht festnehmen wegen etwas, das ich getan habe. Ich spüre, dass Sie mir nicht glauben, deshalb werde ich Ihnen jetzt alles von Anfang an erzählen.«

Sie richtete ihre großen Augen auf ihn, faltete die Hände im Schoß und begann.

34

Immer wieder, wenn er später an Märthe Sontner dachte, sah Kommissar Bernd Zazek den entrückten, beinahe sanften Ausdruck in ihren Augen vor sich, während sie ihr Geständnis auf Band sprach.

Erst recht stand er jetzt, sechs Stunden später, noch unter dem Eindruck seiner Begegnung mit Märthe.

Er saß wieder in seinem Büro und wieder, wie schon zwei Tage zuvor, saß Margot vor ihm am anderen Ende des Schreibtischs, den Holzstuhl herumgedreht, sodass sie sich, wie es ihre Angewohnheit war, mit den Armen auf die Lehne aufstützen konnte. Margot war, nachdem er sie telefonisch von den Ereignissen unterrichtet hatte, postwendend zu ihm gefahren und wartete nun ungeduldig darauf, die Aufnahme zu hören.

»Unter vier Augen«, sagte Zazek entsprechend einem Ritual, das sie ebenfalls schon mehr als einmal erprobt hatten.

»Unter vier Augen«, antwortete Margot.

»Und keine spontanen Unterbrechungen bitte!« Zazek deutete auf den kleinen, schwarzen Recorder, der kaum größer war als eine Zigarettenschachtel. »Hör dir das erst an, dann erzähle ich dir den Rest.«

Er drückte die Starttaste und lehnte sich in seinen Sessel zurück, vor sich das Bild der zerbrechlichen, sanften Märthe Sontner, die leise, aber ohne zu stocken, den Mord an Zacharias Zell-Bausig schildert.

»Ich war zweimal in meinem Leben in Ingolstadt«, begann sie, »das erste Mal, vor etwa einem halben Jahr, war ich eigens hingefahren, um mir das Deckenfresko in der Asamkirche anzusehen, das ich bis dahin nur von Fotografien kannte.

Den Bogenschützen im Erdteil Afrika, der so bedrohlich nach unten in den Kirchenraum zielt, musste ich mir immer wieder betrachten. Ich erinnerte mich, wie einmal mein Großvater vor meinen Augen einen Hirsch mit Pfeil und Bogen erlegt hat, mit einem einzigen Schuss. Später hat mein Großvater mich das Schießen gelehrt, nicht auf Tiere natürlich, das wollte ich nicht, sondern auf Zielscheiben. Als er starb, hat er mir seinen Bogen und zwei Pfeile vererbt.

Das alles also fiel mir ein, als ich zu Asams Pfeil hinaufsah, und plötzlich sah ich wie in einer Vision Zell-Bausig unter diesem Pfeil stehen und tödlich getroffen zusammenbrechen. Zunächst habe ich den Gedanken verscheuchen wollen, aber dann nahm er immer mehr Gestalt an, er machte sich selbstständig, bis ich an nichts anderes mehr denken konnte als daran, diese Vision wahrzumachen.

Ich begann nun gezielt, mich umzusehen, beobachtete die Gewohnheiten des Mesners und seiner Frau. Ich fand heraus, dass nur montags die Tür zur Orgelempore nicht verschlossen ist, weil um elf Uhr die Putzfrau kommt. Besucher sind, auch das kundschaftete ich aus, montags nur sehr wenige in der Kirche. So stand sehr schnell fest, dass ich Zell-Bausig an einem Montag in die Kirche locken musste, spätestens zehn Uhr dreißig, denn ich musste ja kurz vor elf von der Empore verschwunden sein.

Diesen Brief zu entwerfen, war kein Problem. Wenn man nur andeutete, dass man mit ihm Bedeutendes vorhatte, dann hat er das in seiner grenzenlosen Selbstüberschätzung sofort geschluckt. Zurück in Hamburg, verkündete ich als Erstes meinen Töchtern, dass ich wieder malen wolle. Ich packte Pfeil und Bogen ein, obendrauf Skizzenblöcke, Farben, Klapphocker, Staffelei.

Niemandem fiel etwas auf, niemand hat mich bei meinen Schießübungen im Sachsenwald bemerkt. Als ich mich sicher fühlte, schickte ich Zell-Bausig den Brief, den Sie ja kennen, mit der genauen Anweisung samt Skizze, wo er zu warten habe. In einem Kaufhaus kaufte ich eine Babytragetasche, um Pfeil und Bogen zu verstauen, fuhr damit am Sonntag, dem dritten Mai nach Ingolstadt und mietete mir unter falschem Namen ein Zimmer.

Auf dem Weg dorthin passierte eine Panne. Ohne es zu ahnen, lief ich an der Pension vorbei, in der Zell-Bausig wohnte. Er öffnete die Tür, sah mich und schlug die Tür wieder zu. Zunächst wollte ich daraufhin meinen Plan fallen lassen, aber ich wankte nur kurz. Am Tag darauf, dem bewussten Montag, schlich ich mich ungesehen um halb zehn auf die Orgelempore. Wie erwartet, war nicht abgeschlossen.

Ich packte Pfeil und Bogen aus und suchte die günstigste Position. Dabei krachte mir der Bogen gegen die hölzerne Balustrade. Das war ärgerlich, denn unten im Kirchenraum hielt sich eine Frau auf, die ich später in Hamburg sofort wieder erkannt habe. Es war Margot Thaler. Das Geräusch des splitternden Holzes hatte sie aufmerksam gemacht. Sie rief, ›Ist da wer‹, und ich hielt die Luft an vor Schreck. Meine größte Angst war, dass sie nach oben kommen könnte. Aber sie rief nur irgendwas von Orgelklauen und verschwand dann ganz schnell.

Kurz darauf erschien Zell-Bausig. Er hatte den Brief in der Hand und betrachtete das Deckenfresko. Schließlich stellte er sich wie gewünscht unter Asams Pfeil und wartete. Ich spähte durch die Brüstung und sah, dass niemand sonst in dem Kirchenraum war.

Zell-Bausig stand genau in Position, ich auch. Ich hörte, wie sein Körper auf den Steinfußboden fiel. Mehr weiß ich nicht, ich habe auch nicht mehr hingesehen. Ich habe eilig zusammengepackt, habe mir das Kopftuch über die Haare gezogen und bin die Treppen hinunter, wobei ich um ein Haar der Mesnersfrau in die Arme gelaufen wäre.

Ich bin in mein Zimmer gegangen, habe meine Sachen samt dem Bogen in meine Reisetasche gepackt und bin schon eine Stunde später nach Hamburg abgereist. Die Babytragetasche habe ich zuvor auf dem Weg zum Bahnhof in einen Abfallcontainer geworfen. Zu Hause habe ich dann bemerkt, dass mir irgendwann in dieser Zeit der Rosenquarz aus der Manteltasche gefallen sein muss, den ich für meine Tochter Dörthe zum Geburtstag als Brosche arbeiten lassen wollte. Ich hatte große Angst, dass ich ihn auf der Orgelempore verloren haben könnte. Als dann auch noch Margot Thaler vor meiner Tür stand, war ich drauf und dran, die Fassung zu verlieren.

Meine Töchter merkten sehr schnell, dass etwas nicht stimmte, besonders Mareike wurde misstrauisch. Sie kannte meinen Hass auf Zell-Bausig, sie wusste, was er mir angetan hatte. Aber ich bestritt alles. Ich war zu Hause zwischen dem zweiten und dem vierten Mai, sagte ich, und niemand konnte mir das Gegenteil beweisen.

Unglücklicherweise fand aber Mareike den Bogen in meinem Malzimmer – und sie fand noch mehr. Jetzt konnte ich nicht mehr leugnen, und gemeinsam überlegten wir, was wir tun können.

Mareike schlug vor, den Verdacht auf sich zu lenken. Sie glaubte tatsächlich, die Polizei an der Nase herumführen zu können, um zu guter Letzt ein lupenreines Alibi zu präsentieren. Damit, dachte sie, würde die Sache im Sande verlaufen und ich wäre aus der Schusslinie. Das naive Kind. Ich war von Anfang an gegen diesen Plan.

Als Margot Thaler nicht aufhörte, nach Emes zu fragen, wollte Mareike, deren Initialen ja auch M. S. sind, zu ihr gehen und ihr beichten, sie sei Emes. Das konnte ich nicht zulassen. Ich habe deshalb den nächtlichen Auftritt vor Zells Bungalow veranstaltet und lautstark mein Eigentum zurückgefordert. Margot Thaler sollte wissen, dass ich Emes bin, ehe Mareike sich selbst bezichtigen konnte.

Kurioserweise hat gerade diese Szene dazu geführt, dass Margot Thaler Zweifel bekam und sich nun fragte, ob ich vielleicht Mareike schützen will. Mareike fand das großartig. Genauso muss es laufen, sagte sie, die sollen alle zwischen uns beiden nicht mehr unterscheiden können, so lange, bis sie aufgeben. Deshalb, nehme ich an, hat sie auch diese Dummheit mit dem Anschlag auf Margot Thaler begangen. Sicher hängt diese Aktion mit einer Bemerkung von Frau Thaler zusammen, von der Dörthe uns erst gestern berichtet hat.

›Ihre Mutter wird erst zur Ruhe kommen, wenn der Fall Zell-Bausig aufgeklärt ist‹, soll sie gesagt haben und Mareike war ganz außer sich über diesen Satz.

Ich selbst habe dem keine so große Bedeutung beigemessen. Vielleicht deshalb, weil ich nun wirklich endlich zur Ruhe kommen will, so oder so. Zell-Bausigs Tod war dafür die erste Voraussetzung. Er verschafft mir Genugtuung, und wenn ich dafür büßen muss, dann muss es eben sein. Aber Mareike ist so unschuldig wie ich schuldig bin. Weder sie noch meine ältere Tochter Dörthe waren in meine Pläne eingeweiht. Ich ganz alleine habe getan, was getan werden musste. Ich habe den Teufel Zell-Bausig zur Hölle geschickt.«

Märthe Sontners Stimme war zum Schluss immer leiser geworden, sodass Margot mit ihrem Stuhl so geräuschlos wie möglich nahe an den Recorder herangeruckelt war. Ihr Kopf hing in Schräglage fast auf dem Schreibtisch. Sie setzte sich auf, verzog den Mund und rieb sich ihr Kreuz. »Zwei Fragen«, sagte sie und hielt dabei Zeige-und Mittelfinger hoch, »habe ich noch. Mindestens. Was heißt, Mareike fand nicht nur den Bogen, sondern noch mehr. Und wieso hat Märthe sich erst jetzt gerächt, nach fast drei Jahren?«

Zazek nickte ergeben und sah auf die Uhr. »Wenn ich dich nicht hätte, wüsste ich wirklich nicht, wie ich meine Zeit totschlagen soll. Ein Vorschlag zur Güte. Es ist gleich acht und ich habe seit Stunden nichts Gescheites gegessen. Wenn ich dir Frage Nummer eins hier beantworte, gehst du dann mit mir essen?«

»Wenn ich die Antwort zu Frage Nummer zwei noch vor dem Nachtisch serviert bekomme, dann gerne. Ich habe nämlich auch Hunger.«

»Dann wollen wir uns nicht lange aufhalten. Sieh mal hier!«

Zazek war aufgestanden und beugte sich über einen Karton, der vor seinem Aktenschrank stand. Er zog zwei Papierrollen heraus, entrollte sie auf dem Boden und befestigte die Seiten mit Büchern aus seinem Regal.

Mit einem Blick, der fast wie eine Entschuldigung aussah, nestelte Margot ihre neue, ungeliebte Brille aus der Tasche ihres Jacketts, setzte sie mit einem Anflug von Widerwillen auf die Nase und ging in die Hocke. »Ist es das, was Mareike noch in Märthes Malstübchen gefunden hat? Das ist allerdings eindeutig.«

Was sie sah, waren Bleistiftskizzen vom Inneren der Kirche Maria de Victoria und, in vielen kleinen Einzelskizzen, Asams Bogenschütze, der seinen Pfeil immer wieder auf eine Person richtete, von der nur das Gesicht mit einem widerwärtig verzogenen Grinsen zu sehen war. Ein Gesicht, das Margot kannte und vom ersten Moment an nicht gemocht hatte, das Gesicht des Zacharias Zell-Bausig.

»Sie hat ihn sehr gut getroffen in seiner mickrigen Boshaftigkeit. Nur schade, dass sie ihn wichtig genug nahm, um ihn umzubringen. Diesen Wurm hätte sie auch anders erledigen können.«

»Nicht Märthe Sontner«, antwortete Zazek, »die ist dafür viel zu lieb. Sie war ihm hilflos ausgeliefert, bis sie implodiert ist.«

35

Sie landeten dann doch nicht in ihrer Stammkneipe in Winterhude, sondern bei Margot am Küchentresen. Mit spitzen Fingern zog Margot die Deckel von zwei Aluminiumschalen, von denen sie eine Bernd Zazek hinschob, zusammen mit einer Gabel.

»Heiß und pappig«, maulte er und beugte sich über den dampfenden Inhalt. »Ich kenne Frauen, die würden sich ein Bein ausreißen, mich zu bekochen, stattdessen sitze ich bei dir neben deinem kalten Herd und stopfe fast food in mich hinein. Warum mache ich das?«

Margot setzte ihr harmlosestes Gesicht auf und stellte sich dumm. »Weil die in Winterhude heute eine geschlossene Gesellschaft abfüttern«, antwortete sie, »übrigens schon zum dritten Mal in diesem Monat. Wir sollten uns eine neue Stammkneipe suchen.«

»Lern lieber kochen.«

»Eher reiße ich mir ein Bein aus.«

»Das ist längst überholter radikal-feministischer Müll.«

»Nein, das ist Bequemlichkeit.« Margot beförderte die verschmierten Deckel in den Mülleimer und goss Zazek ein Glas Rotwein ein.

»Zum Nachtisch gibt es Eis, von mir eigenhändig in den Gefrierschrank gelegt. Versöhnt dich das? Und jetzt, da du dein köstliches Mahl fast vollständig verzehrt hast, bist du mir die Antwort auf Frage Nummer zwei schuldig. Warum hat Märthe erst jetzt zugeschlagen?«

Zazek wischte sich mit dem Handrücken über den Mund, streifte den bräunlichen Bodensatz in seinem Aluminiumtopf mit einem letzten vernichtenden Blick, nahm sein Weinglas und steuerte Margots Lieblingssessel an. Margot folgte ihm und hockte sich im Schneidersitz auf ihre Couch.

»Also, warum erst jetzt?«

»Da kamen zwei Dinge zusammen«, erwiderte Zazek. »Wir wissen, dass Märthe Sontner vor drei Jahren zusammengebrochen war, nachdem Zell-Bausig ihr mit seinem zynischen Psychoterror, man könnte es auch neudeutsch Mobbing nennen, jeden Glauben an sich und damit jeden Lebensmut genommen hatte. Sie war viele Monate lang nicht einmal in der Lage, ihre Wohnung zu verlassen, geschweige denn, einen Mord zu planen und auszuführen. Vermutlich hat sie das damals auch nicht erwogen. Denn da wusste sie noch nicht, dass sie auch weiterhin als Zielscheibe für den Sadismus des Zell-Bausig herhalten musste. Sie wusste nicht, dass er ihre Emes-Arbeiten missbrauchte. Es war Mareike, die ihr empört davon berichtete, nicht ahnend, dass Märthe und Emes identisch sind.«

»Dann hat das arme Mädchen also das Feuer angefacht?«, fuhr Margot dazwischen. »Kein Wunder, dass sie sich mitschuldig fühlt«.

»Das war vor etwa einem Jahr«, fuhr Zazek fort, »zu einem Zeitpunkt, als Märthe allmählich wieder zu Kräften kam. Diese neuerliche Erniedrigung muss in ihr einen Hass ausgelöst haben, der sie nicht mehr ruhen ließ. Sie begann mit ihren Schießübungen im Wald, traf alle Vorbereitungen für die Tat und führte sie schließlich aus. Danach waren ihre Energien wieder erschöpft. Es ging ihr von Tag zu Tag schlechter. Zweifellos wird es lange dauern, bis sie wieder gesund ist. Vielleicht wird sie es nie.«

»Im Gefängnis bestimmt nicht«, sagte Margot, »sie kommt doch ins Gefängnis, oder?«

»Das«, antwortete Zazek, »wird in Ingolstadt entschieden, wo der Prozess stattfinden wird.«

»Und wo ist Märthe jetzt?«

»Unter der Obhut der Ingolstädter Kripo. Die Kollegen sind am frühen Nachmittag hier eingetroffen. Gegenwärtig lassen sie prüfen, ob Märthe Sontner nach Ingolstadt überführt werden kann. Für mich gibt es da nichts mehr zu tun.«

»Und Mareike?«

»Ist nach dem Verhör wieder nach Hause entlassen worden, ihre Schwester Dörthe kümmert sich jetzt um sie. Die Verhaftung ihrer Mutter wird beide hart treffen.«

»Mich auch«, sagte Margot, »mich auch. Sie tun mir alle drei unendlich Leid.«

Zazek sagte nichts, beide hingen minutenlang ihren Gedanken nach. Es wurde allmählich dunkel draußen, im Zimmer verwischten die Konturen. Margot schlang die Arme um sich, von irgendwoher zog es. Das zerbrochene Fenster im Schlafzimmer fiel ihr ein, und sie nahm sich vor, morgen endlich dafür zu sorgen, dass es ersetzt würde.

36

Dr. Richard Reindl streifte Mundschutz und Kappe ab, wickelte sich aus seinem grünen OP-Kittel, zog die unförmige grüne Hose aus und warf alles zusammen in einen Korb unter dem Waschbecken. Aus einem Wandschrank nahm er seine weiße Arbeitskleidung, die er außerhalb des Operationssaales trug. Es war höchste Zeit für die Nachmittagsvisite. Die akute Galle hatte den Tagesablauf durcheinander gebracht, aber er war froh, dass er sie nicht aufgeschoben hatte. Die Gallenblase war prall gefüllt mit Eiter. Wäre sie geplatzt, hätte das zu einer lebensgefährlichen Bauchfellentzündung führen können.

Reindl knöpfte den weißen Kittel zu und steckte den Piepser in die Brusttasche. Bevor er den OP-Trakt verließ, sah er im Aufwachraum nach der jungen Frau, die er gerade operiert hatte. Sie war bereits extubiert und atmete ruhig. Ein Anästhesist kontrollierte Blutdruck und

Herztöne und nickte zufrieden. Reindl beugte sich über die Patientin. »Frau Klein, hören Sie mich«, rief er.

Die Frau öffnete mühsam die Augen und bewegte den Kopf in Reindls Richtung.

»Es ist alles gut gelaufen, Sie haben es hinter sich. Sie werden gleich auf Station gebracht und dann ruhen Sie sich erstmal ordentlich aus!«

Die Augen der Frau suchten nach einem Halt, dann fielen die Lider wieder zu. Aber als Reindl seine Hand um die ihre schloss, fühlte er einen schwachen Gegendruck. Sie war wach und sie hatte verstanden.

Die beiden Ärzte gingen gemeinsam hinaus auf den Flur. »Das mit Frau Habermann und Ihnen tut mir Leid. Wir alle hatten Ihre Beziehung für besonders harmonisch gehalten.«

Reindl sah seinen Kollegen erstaunt an. Sie kannten sich zwar seit Jahren, hatten aber nur wenig privaten Kontakt. Was den Schluss zuließ, dass die Neuigkeit sich bereits in der Klinik herumgesprochen hatte. Reindl überlegte, dass unter diesen Umständen Leugnen sinnlos wäre.

»In Harmonie erstarrt«, sagte er deshalb, erntete aber ein verständnisloses Stirnrunzeln, das ihn von weiteren Erklärungsversuchen abhielt. Er entschied, unverbindlich zu bleiben und das zu sagen, was vermutlich von ihm erwartet wurde.

»Eine Trennung ist immer schmerzlich«, fuhr er fort, »aber manchmal unvermeidlich. Natürlich werden wir das wie zivilisierte Menschen regeln, und auf unsere Arbeit hier in der Klinik wird diese private Entscheidung selbstverständlich keinen Einfluss haben.«

»Davon gehen wir aus«, erwiderte der andere etwas säuerlich, bevor er eilig über den Flur verschwand.

Verärgert nahm Reindl den Fahrstuhl zur Station sechs, wo ihn Schwester Dorothea schon zur Visite erwartete. Er versuchte in ihrem Gesicht zu lesen, ob auch sie sich inzwischen mit seinem Privatleben auseinander gesetzt hatte. Aber Schwester Dorothea ließ nichts dergleichen erkennen und auch auf den übrigen Stationen blieb Reindl unbehelligt. Erst als er eine Stunde später sein Zimmer aufsuchte, um sich umzuziehen, in Gedanken schon bei einem Teller dampfender Spahetti im »Casa mia«, holte ihn sein persönliches Problem wieder ein.

Im Sekretariat war um diese Zeit niemand mehr, aber auf seinem Schreibtisch lagen ein Fax mit einem angehängten Zettel und eine weitere Nachricht. *Anruf von Frau Dr. Habermann* stand auf dem einen Zettel. *Sie ist ab morgen verreist und bleibt zwei Wochen. Erwartet Ihren Auszug innerhalb dieser Frist. Beiliegendes Fax beachten.*

Zumindest war jetzt klar, wieso sich seine Trennungsabsichten so plötzlich in der Klinik herumgesprochen hatten, das Sekretariat hatte ganze Arbeit geleistet.

Bleib ruhig, ermahnte sich Reindl, Christa ist gekränkt, sie ist vielleicht ein wenig rachsüchtig, sie fühlt sich überrumpelt, gesteh ihr das zu.

Er setzte sich und studierte das Fax. Unter der Überschrift »Mein persönlicher Besitz« hatte Christa auf drei Seiten fein säuberlich aufgelistet, was in der Wohnung bleiben musste, aus der er zu verschwinden hatte. Die Aufzählung reichte von diversen Möbeln über Bilder, Besteck, Porzellan und Wäsche bis hin zu Bügelbrett und Stickgarn.

Reindl schüttelte mehrmals den Kopf und legte die Liste endlich beiseite. Siebzehn Kaffeelöffel, dachte er entgeistert, sie will tatsächlich genau siebzehn Kaffeelöffel behalten. Ohne dass er je nachzählen würde, war Reindl sich sicher, dass der Gesamtbestand an Kaffeelöffeln vierunddreißig Stück betrug. Die gute Christa, korrekt bis in die schwärzeste Krise. Er beschloss, ihren Anteil auf zwanzig zu erhöhen. Ohnehin hatte er nicht vor, viel mitzunehmen.

Was würde Margot wohl zu dem blank polierten Mahagonibücherschrank mit den Butzenscheiben sagen, dachte er und musste schmunzeln, oder zu der gelbgeblümten Tapete im Schlafzimmer? Wie wird Margot überhaupt reagieren? Das Schmunzeln verschwand. Margot hatte keine Ahnung, wie rasant sich die Dinge entwickelt hatten. Sie wusste noch nicht einmal, dass Christa vorzeitig alleine in die Toscana abgereist war, nachdem er ihr gesagt hatte, dass sie sich trennen müssen.

Nun war es also vollzogen und er wunderte sich über seine gelassene Ruhe. Denn weder wusste er, wie es mit Margot weitergehen würde und ob überhaupt, noch hatte er eine Bleibe. Und doch war er zuversichtlich.

Der Appetit auf Spaghetti meldete sich wieder und Reindl beschloss, für heute Schluss zu machen. Er würde nach Hause fahren, duschen, die Regionalnachrichten im Fernsehen um viertel vor sieben einschalten, danach genussvoll essen gehen und vor dem Schlafengehen bei Margot anrufen. Er hatte ein klares Zeichen gesetzt, es wurde Zeit, dass sie davon erfuhr. Jetzt war sie am Zug.

Als Reindl seine Bürotür hinter sich abschloss, lag die zweite Nachricht vergessen und unbeachtet unter Christas Listen. Dabei hatte sie dem Sekretariat zusätzliche Zutaten zur Gerüchteküche geliefert.

Sie lautete: *Frau Thaler bittet Sie, unbedingt heute Abend die BR-Nachrichten um 18 Uhr 45 anzusehen.*

37

Zur selben Zeit, als Richard Reindl auf dem Nachhauseweg war, saß Margot im Studio Hamburg in der Maske. »Wir hatten schon mal miteinander zu tun, oder«, sagte die Maskenbildnerin und betrachtete prüfend Margots Gesicht. »Ein bisschen übernächtigt heute. Aber das kriegen wir schon hin.«

Tatsächlich hatte Margot unruhig geschlafen in jener Nacht nach Märthes Verhaftung. Im Traum hatte sie die gehässig grinsende Fratze des Zell-Bausig gesehen, getroffen von Asams Pfeil. So wie Märthe ihn wahrgenommen und dann mit Bleistift zu Papier gebracht hatte. Märthe, die zurzeit weder vernehmungs- noch verhandlungsfähig war, wie Margot am Morgen von Bernd Zazek erfahren hatte.

»Nicht die Stirn krausziehen!«, mahnte die Maskenbildnerin und tupfte Puder auf einen dicken Pinsel, »denken Sie an was Angenehmes, das entspannt die Gesichtsmuskulatur.«

Margot blinzelte zu ihr hoch und lenkte bereitwillig ihre Gedanken zu Richard. Noch sechs Tage bis zu seinem Urlaub, dachte sie, noch höchstens sechs Tage Ungewissheit. Sie hatte nicht erwartet, dass ihr diese Frist, die sie Richard bereitwillig und ein wenig gönnerhaft eingeräumt hatte, so endlos lang erscheinen würde. Eisern hatten sich beide seither an die Absprache gehalten, den Namen Christa bis dahin nicht zu erwähnen.

Als aber Margot mittags den Anruf vom BR erhielt mit dem Angebot, ein zweites Interview zum Mordfall Zell-Bausig zu führen, da war ihr die Idee gekommen, die Gelegenheit für einen kleinen versteckten Hinweis an Richard zu nutzen, verpackt in einen Schlusssatz, dessen Doppeldeutigkeit niemand außer Richerd bemerken würde.

»Lächeln dürfen Sie aber auch nicht«, sagte die Maskenbildnerin, »da verrutscht mir der Lidstrich.«

Der Aufnahmeleiter steckte den Kopf durch die Tür und schnalzte anerkennend mit der Zunge, als er Margot sah. »Ganz offensichtlich seid ihr fertig, ihr zwei Hübschen. Denn man los.«

Margot klemmte sich ihr Manuskript unter den Arm mit den Fragen und Antworten, die der Moderator in München zuvor telefonisch mit ihr abgesprochen hatte. Der Aufnahmeleiter führte sie jetzt in das Studio. »Sie wissen ja, wie das geht«, sagte er und deutete auf den Teleprompter, der unterhalb der Kamera angebracht war.

»Lass mal laufen«, rief er in den Regieraum. Margot setzte sich vor die Kamera an einen halbrunden Tisch und las zur Probe die ersten

Sätze. »Klappt zum Glück auch ohne Brille«, sagte sie, »hoffentlich verhaspel ich mich nicht, wenn es ernst wird.«

Der Aufnahmeleiter grinste. »Schlimmer ist, wenn das Ding abstürzt. Deshalb legen sie mal schön Ihr Manuskript vor sich und blättern Sie um, wenn die Seite durch ist. Dann können Sie nämlich notfalls vom Blatt ablesen, wenn der Prompter spinnt. Oder der, der ihn bedient.«

»He, he«, tönte es aus dem Regieraum. »Mach keine blöden Witze, wir sind gleich drauf.«

Margot hatte das Gefühl, als sei ihr Mund plötzlich ausgetrocknet. Sie nahm einen Schluck Wasser aus einem Glas, das unter dem Tisch bereitstand und leckte sich über die Lippen. Wieso musste sie gerade jetzt an die Sekretärin in Richards Klinik denken? Warum hatte die so abweisend und unfreundlich reagiert, als Margot sie gebeten hatte, Richard eine Nachricht aufzuschreiben?

»Noch ein Minute«, tönte es aus dem Regieraum. Margot machte den Rücken gerade, leckte sich noch einmal über die Lippen und starrte in die Kamera, deren rote Lampe gleich bedrohlich aufleuchten würde.

Sie ahnte nicht, dass Richard Reindl in dieser Minute noch nicht einmal den Fernseher eingeschaltet hatte. Stattdessen frottierte er seelenruhig seine Haare, schlurfte danach in die Küche, um sich ein Bier aus dem Kühlschrank zu nehmen, da es ihm nicht mehr, wie gewohnt, gebracht wurde und griff erst nach der Fernbedienung, als Margot schon alle aktuellen Fragen zu dem Mordfall Zell-Bausig beantwortet hatte.

Der Moderator, ein gut aussehender, blondlockiger Mittdreißiger, war bereits von einem betroffenen Tonfall sachte in einen launigen hinübergeglitten und leitete nun zur Verabschiedung über.

»Wir werden sehen, was der Prozess bringt. Bleibt nur zu hoffen, Frau Thaler, dass Ihnen bei allem Betrüblichen, was Sie in Ingolstadt erleben mussten, diese schöne alte Stadt nicht vergrault ist.«

Reindl riss die Augen auf, hockte sich dicht vor das Gerät und schaltete auf volle Lautstärke. So konnte ihm – und vermutlich allen anderen Bewohnern des Hauses – Margots Antwort nicht entgehen.

»Keineswegs«, sagte sie. »Hier ist ein Verbrechen geschehen, wie es an jedem anderen Ort der Welt auch passieren kann und passiert. Das hat mich beschäftigt. Aber ich habe auch das Schöne registriert.«

An dieser Stelle machte sie eine kleine Pause und hoffte, dass der, dem der Satz galt, ihn auch hörte. »Man kann sich«, fuhr sie mit einem beherzten Blick in die Kamera fort, »durchaus in Ingolstadt verlieben.«